KB073039

넘버세븐

FANTASY FRONTIER SPIRIT

이모탈 판타지 장편 소설

넘버세븐 9

이모탈 판타지 장편 소설

초판 1쇄 찍은 날 § 2014년 5월 19일
초판 1쇄 펴낸 날 § 2014년 5월 26일

지은이 § 이모탈
펴낸이 § 서경석

편집부장 § 권태완
편집책임 § 정수경

펴낸곳 § 도서출판 청어람
등록번호 § 제1081-1-89호
등록일자 § 1999. 5. 31
어람번호 § 제1-1850호

주소 § 경기도 부천시 원미구 심곡2동 163-2 서경B/D 3F (우) 420-822
전화 § 032-656-4452 팩스 § 032-656-4453
http://www.chungeoram.com
E-mail § chungeorambook@daum.net

ISBN 979-11-316-9033-8 04810
ISBN 978-89-251-3516-8 (세트)

이모탈 판타지 장편 소설

Number Seben

FANTASY FRONTIER SPIRIT

넘버세븐

9

CONTENTS

Chapter 01

퀸은 공포에 젖어들었다. 발이 바닥에 달라붙은 듯 움직일
수 없었고, 그 거대한 붉은 파충류의 눈동자에서 시선을 뗄
수조차 없었다. 만약 시선을 뗐다가는 전신이 난도질당할
것 같았기 때문이다.
   '밤의 일족이런가?'
   그러한 퀸의 뇌리에 전해져 오는 무심한 듯 울려오는 소리
가 있었다. 지극히 무심했으나 그 무심함 속에는 세상 무엇과
도 견줄 수 없는 광폭함과 범접할 수 없는 경외감이 깃들어
있었다.

'실로 오랜만에 만나는 밤의 일족이로군. 블라드는 잘 있는지 모르겠군.'

"그……."

퀸은 무언가 말을 하려 했다. 허나, 입이 떨어지지 않았다. 파충류의 눈이 조금 가늘어졌다. 아니, 그렇게 느꼈다. 아마도 웃고 있는 것이리라. 순간 퀸은 모멸감이 들었다.

허나, 그러한 퀸의 마음에 대해서는 전혀 고려치 않은 아주 담담한 음성이 흘러나왔다.

'생각하라. 이곳이 현세가 아님을 누구보다 그대가 잘 알지 않는가?'

'아! 죄, 죄송합니다.'

퀸은 당황했다. 이미 모든 것을 파악한 듯한 날카롭고 두려운 눈동자였다. 평생 동안 누구 앞에서 또는 어떤 존재 앞에서 위축되거나 두려움을 느껴보지 못했던 퀸으로서 지금의 상황은 무척이나 당황스러운 것이었다.

'……드래곤이십니까?'

잠깐의 침묵이 흐르고 퀸이 물었다.

그에 그녀를 심유하게 바라보던 드래곤의 눈동자가 살짝 기울어지는 것 같다는 느낌이 들었다. 아마도 웃는 것일 게다.

'나는 레드 드래곤으로서, 로드의 자리에 오른 프로미넌스

카르베이너스 클라스벤더 드래드노드라 불렸었다.'

뇌리에 선명하게 들려오는 드래곤의 말에 퀸의 신형이 허물어지듯 무릎과 허리를 숙였다. 아무리 밤의 일족이 오롯한 귀족의 위치에 존재한다고 하나 드래곤은 이미 자신이 속한 밤의 일족의 범주에서조차 상상할 수 없는 지고의 존재였기 때문이었다.

'밤의 일족의 퀸 에르체르트 바토리 폰 카밀라가 중간계에서 가장 오롯한 지고의 존재를 뵙습니다.'

그러면서도 퀸은 전신을 가늘게 떨었다. 그 누구에게도 떨지 않았던 그녀의 전신이 떨려오고 있음에 얼굴은 창백하다 못해 그나마 남아 있던 핏기마저 사라지고 있었다.

'심연을 들여다보는 자여. 어이하여 이 깊은 심연 속으로 들어왔는가? 영면의 안식 속에 숨어든 자여. 말하라. 왜인가?'

드래곤은 그녀에게 물었다. 왜 인간의 심연 깊숙한 곳까지 들어왔느냐고 말이다. 이것은 어떻게 보면 죄악에 가깝다. 그 누구도 함부로 심연을 들여다 볼 권한은 없었다.

심지어 과거 고대 시절에 중간계의 절대자라 불리는 드래곤이라 할지라도 함부로 심연을 파고들지 않았다. 지금은 인간의 마음속에서 사라진 신들이 정해 놓은 중간계의 율법이기 때문이다.

그러하기에 심연을 농락하는 자들은 악마라 일컬어지고 그 심연을 지키는 이들은 천사라 일컬어진다. 신은 중간계의 모든 것을 사랑하나 그중 인간을 가장 총애한다.

　가장 많은 개체수를 가지고 있으면서도 스스로 문화를 만들어 중간계의 기준이 된 인간. 그들의 믿음은 결국 신들이 영속하는 가장 큰 근원이 되었음에 신들은 인간을 사랑한다.

　그러한 신이 사랑한 인간의 깊고 깊은 심연을 밤의 일족인 퀸이 들어와 있는 것이었다. 그리고 한 인간의 심연 속에 숨어 있던 존재할 수 없는 비밀의 한 면을 바라보고 있었다.

　거기까지 생각이 미친 퀸은 몸을 가늘게 떨었다. 침착해지고자 했으나 이것은 현실이 아닌 인간의 깊고 깊은 심연이라는 것을 알고 있음에도 불구하고 밀려오는 공포와 두려움 때문이었다.

　허나, 그녀는 밤의 일족의 퀸이었다. 드래곤이나 신이라는 존재는 과거에 분명 존재했으나 지금은 존재하지 않은 존재였다. 신전이 없으며 교황도 없었고, 사제 혹은 신도조차 없었다.

　인간과 비슷하여 유사 종족이라 일컬어지던 자연과 조화의 종족인 엘프도, 철과 광석을 통해 태생적으로 대장장이 종족인 드워프도, 대지의 여신인 가이아의 축복을 받은 노움 종족도 없었다.

고대와 신화시대가 끝난 작금의 시대에는 오로지 밤의 일족과 달의 일족이 존재할 뿐이었다. 퀸은 애써 그것을 자신의 정신에 각인하고 있었다.

　'이… 것은 단지 심연이 일부일 뿐이다. 현실이 아닌 허상일 뿐이다.'

　퀸은 그렇게 자신의 마음을 다잡았다. 현실이 아닌 허상 속의 존재. 그것을 보고 지금 퀸은 전신을 가늘게 떨고 있는 것이었다. 그렇게 스스로에게 강조함으로써 퀸은 이 상황을 벗어나고자 하였다.

　'크르릇. 웃기는구나. 어찌 이것이 현실이 아니라 장담하는가? 어찌 이것이 허상이라 단정하는가? 인간에게 있어 그대의 종족인 밤의 일족이나 밤의 일족을 지키는 달의 일족 또한 허상일 뿐이거늘.'

　'허나, 밤의 일족과 달의 일족은 현실에 존재합니다.'

　'큭 존재하기에 가능하다 생각하겠으나 그대는 장담할 수 있는가? 아(我) 일족과 엘프, 드워프, 노움이 사라졌다는 것을 말이다.'

　'……'

　감히 말을 할 수 없었다. 하지만 그녀의 속내는 단정하고 있었다. 그들은 사라졌다. 그들은 단지 전설일 뿐이었다. 허나 자신들은 현존한다. 때문에 자신은 이곳을 벗어나면 된다.

그런데…….

벗어날 수가 없었다. 붉게 빛나는 파충류의 거대한 눈동자가 전신을 옭아매고 있었다. 이럴 수는 없었다. 실체가 없는 존재가 어찌 실체가 있는 존재를 억압한단 말인가?

하지만 그러한 일이 일어나고 있었다. 눈앞에 보이는 거대한 파충류의 공포스러운 눈동자는 자신을 바라보며 비웃고 있었다.

'그대를 보니 모든 것을 알겠다. 그대들의 욕심에 고대의 존재들이 다시 돌아올 것이다.'

'고대의 존재라 함은…….'

'나를 필두로 하여 잊혀진 존재들이 다시 현신하리라. 또한 이것은 시작임을 그대는 알아야 할 것이다.'

드래곤의 말에 퀸은 눈을 부릅떠야 했다. 잊혀진 존재들과 고대의 존재들. 그들은 어둠을 상징하는 밤의 일족들과 상극이었다. 그리고 현존하는 모든 중간계 존재들의 선조라 할 수 있었다.

엘프와 드워프 노움, 정령, 그리고 엘더들의 존재가 다시 돌아온다는 것을 의미했다. 그 말인즉슨 그들은 사라진 것이 아니라 존재를 감추고 있을 뿐이라는 것을 의미한다.

보이지 않을 뿐 그들은 존재한다는 말을 한 것이리라.

'나는 과거 블라드 체페슈이를 한 번 만난 적이 있다. 그때

나는 분명 경고했다. 중간계를 혼탁하게 한다면 과거의 잊혀진 존재와 그대들이 두려워하는 엘더들이 귀환할 것이라고.'

순간 퀸은 입을 벌릴 수밖에 없었다. 사실 그는 모든 뱀파이어 중에 유일하게 로드라 불리는 자였지만 그가 로드로서 마스터의 자리에 오르지 않은 세월은 벌써 3천 년이 넘었다.

그 말은 그는 모든 뱀파이어의 아버지이나 이미 허울뿐인 존재라는 것을 의미한다. 오로지 모든 뱀파이어의 아버지라는 호칭 하나만이 있는, 존재하나 존재하지 않는 그런 대상일 뿐이었다.

뱀파이어들은 4천여 년 전 멸족 직전까지 갔었다. 그때 뱀파이어 일족을 구한 것이 바로 뱀파이어 로드 블라드 체페슈이였다. 허나, 아무리 뱀파이어들이 피의 전승으로 이어진다 해도 4천 년이라는 시간은 그리 간단하지 않음이 분명했다.

다시 뱀파이어가 명맥을 잇고, 안정된 기반을 가지게 되자 블라드 체페슈이는 모든 뱀파이어에게 경고를 한 뒤 깊고 깊은 잠에 빠져 들었다. 위기에 처한 뱀파이어 일족을 구한 후유증이 그리 간단하지 않았기 때문이다.

뱀파이어는 욕구를 가지게 되었고, 발전에 발전을 거듭하여 욕망을 가지게 되었으며, 그들이 그렇게도 천하다 여기는 인간의 권력에 물들어가기 시작했다.

오로지 로드만을 섬기는 이들이 있는가 하면, 각 세대마다

다스리는 마스터들을 섬기는 뱀파이어가 출현하였고, 분파를 이루었으며, 자신들의 세력을 확장하기 위해 암투를 벌이기 시작했다.

그러나 그들은 이러한 암중의 행동이 결국 겉으로 드러나면 뱀파이어들의 결속을 해칠 수 있다는 것을 알기에 내부의 문제를 외부로 돌렸다. 바로 뱀파이어 일족의 개체수를 늘리는 것이었다.

그들은 점차 세력을 형성하기 시작했고 점점 더 대담해져 갔다. 오직 마스터에 의해 진혈(眞血)이 탄생하던 그들이 어느새 진혈에 의해 1세대가 탄생했고, 1세대 의해 2세대가 탄생했으며, 2세대에 의해 3세대가 탄생했다.

진혈은 1세대를 제외한 2세대, 3세대의 뱀파이어들을 그저 그들의 손과 발, 혹은 눈을 더럽히지 않기 위한 소모품적인 존재로 인식하고 있을 뿐이었다.

진혈의 뱀파이어는 오히려 그들과 영속을 함께해 왔던 라이칸 슬로프에게 더 동반자적인 입장을 취하고 있었다.

그러한 뱀파이어들의 행태로 인해, 본의 아닌 은거에 든 모든 뱀파이어의 아버지인 블라드 체페슈이는 항상 경고했다. 허나 그 경고는 결코 뱀파이어들의 마음속에 존재하지 않았다.

그들에게 있어 블라드 체페슈이라는 존재는 그저 자신들

이 존재하게 한 것일 뿐, 그 이상도 이하도 아니었다. 그저 자신들을 존재하게 해주었기에 그를 존중할 뿐.

그것을 진혈 중의 진혈인 뱀파이어 퀸 에르체르트 바토리가 모를 리 없었다. 아니, 오히려 블라드 체페슈이를 은거 아닌 은거로 접어들게 만든 주동자가 바로 그녀라 할 수 있었다.

그녀는 블라드 체페슈이의 경고를 콧등으로도 듣지 않았다.

블라드 체페슈이가 모든 뱀파이어의 아버지라면 자신은 모든 뱀파이어의 어머니이다.

블라드 체페슈이가 없는 지금 상황에서 그녀의 말은 곧 뱀파이어들의 법이라 할 수 있었다. 그러한 그녀가 블라드 체페슈이의 경고를 일고의 생각할 가치조차 없다 일축해 버렸다.

그리고 뱀파이어들의 선택은 블라드 체페슈이가 아닌 뱀파이어 퀸 에르체르트 바토리였다.

당시에도 그랬고, 지금도 그렇지만 블라드 체페슈이의 경고는 결코 있을 수 없는 일이었기 때문이었다.

인간들은 그들을 잊혀진 존재라고 한다. 잊혀진 존재란 살아 있을 가능성이 일말이라도 있음을 의미한다. 아니, 그들이 살아 있음을 전제로 해서 잊혀진 존재라 한다.

그러나 뱀파이어들은 드래곤, 엘프, 드워프, 노움 혹은 정령들을 멸족한 과거의 존재라 한다. 감히 그렇게 말을 했다.

허나, 지금 그녀의 눈앞에서 자신을 비웃으며 입을 여는 드래곤은 그들이 돌아올 것이라 말을 하고 있었다.

'두려워해야 할 것이다. 그대들의 오만과 야망이 그 대가를 받을 시기가 도래하고 있음을 말이다.'

쿠후우우~

그리고 심연이 요동치기 시작했다. 거대한 눈동자를 중심으로 붉은 폭풍의 소용돌이가 휘몰아치더니 이내 아무런 일도 없었다는 듯이 평온해져 있었다.

문득 정신을 차린 뱀파이어 퀸이었다. 그러한 그녀의 눈앞에는 한 명의 여인이 서 있었다. 붉디붉은 눈동자와 머리카락을 흩날리며 어느새 자신을 바라보고 있는 여인.

"너는… 누구냐!"

퀸이 물었다. 여인의 눈동자와 머리카락이 점점 변해가기 시작했다. 붉은 눈동자에서 깊고 깊은 초록색으로, 또는 칠흑과 같은 검은색, 혹은 시리도록 푸른색으로 변해가고 있었다.

실로 기괴한 모습이라 할 수 있었다. 커다란 보름달 아래 영주성의 첨탑에 올라선 일남 이녀. 그중 일남 일녀는 그렇게 수시로 변하는 클라렌스의 모습을 한순간도 놓치지 않고 지켜보고 있었다.

머리카락과 눈동자의 색깔이 변한 클라렌스. 아니, 얼굴 역시 조금은 날카로워졌는지도 모르겠다. 그러한 클라렌스의 입에서는 예의 자신이 가진 목소리가 아닌, 약간은 어색한 중성적인 목소리가 흘러나왔다.

"고맙구나. 타락한 뱀파이어 퀸 에르체르트 바토리여."

"무슨……."

무덤덤하게 흘러나오는 클라렌스의 음성에 이해할 수 없다는 표정을 지은 퀸이었다. 그녀의 옆에 조용하게 그녀의 곁을 그림자처럼 지키고 서 있던 제이슨 역시 마찬가지였다.

도저히 이해할 수 없는 일이 일어나고 있었다. 도대체 어떻게 해석하고 어떻게 받아들여야 할지 감조차 잡을 수 없었다. 자신의 유일한 로드인 뱀파이어 퀸 에르체르트 바토리.

그녀를 지금껏 그림자처럼 수행하면서 단 한 번도 지금과 같은 모습을 본 적이 없었다. 지금과 같은 격한 감정의 변화역시 본 적 없고 말이다. 때문에 제이슨은 자신이 어떻게 나서야 할지도 몰랐다.

자신의 주군이자 연인인 퀸의 당혹스러움이 그대로 제이슨에게 전달되고 있었다. 그녀가 당혹해하고 그가 당혹해하자 그러한 둘의 모습을 마치 재미있는 구경거리라도 되는 양 흥미롭게 바라보는 클라렌스였다.

허나, 약간은 달랐다. 처음 퀸이 그녀의 눈동자를 들여다보며 깊고 깊은 심연을 보던 때와 그 심연에서 기이한 경험을 하고 다시 깨어난 지금은 조금, 아니, 많이 달랐다.

분명 같은 사람이거늘 전혀 다르게 느껴지고 있었다. 그녀는 이제 원래의 모습을 되찾고 있었지만 완전히 다른 그녀의 모습이 되어 있었다. 위압감과 함께 다가설 수 없는 경외감이 느껴지고 있었던 것이다.

그럼에 퀸은 본능적으로 직감할 수 있었다. 지금 자신의 앞에 서 있는 이는 클라렌스 프라네리온 백작이 아님을 말이다. 그녀는 드래곤이었다.

분명 드래곤 자체가 아니라는 것을 안다. 허나, 퀸은 손끝 하나 까딱일 수 없었다. 그녀는 이 4천 년 전의 마지막 드래곤 로드인 레드 드래곤 프로미넌스 카르베이너스 클라스벤더 드래드노드의 화신이었다.

화신이라 하여 다 같은 화신이 아니었다. 클라렌스는 지금 막대한 존재감을 뿜어내고 있었기 때문이었다. 싸늘하게 조여 오는 눈초리는 퀸을 옭아매고 있었다.

그렇게 퀸과 그녀의 수행원인 제이슨이 새하얗게 질려가 마비된 듯 움직이지 못하고 있을 때 클라렌스의 신형은 서서히 떠오르고 있었다. 마치 위에서 그녀를 끌어 올리듯이 말이다.

클라렌스의 신형을 따라 퀸과 제이슨의 시선이 옮겨졌다. 그리고 마침내 둘의 시선이 멈췄다. 시선이 멈춘 곳에는 클라렌스의 발치가 존재했다. 클라렌스는 오만하고 오롯한 눈으로 그 둘을 내려다보았다.

"후회할지니. 어리석은 자들아……."

그 말과 함께 클라렌스의 신형이 서서히 흩어지기 시작했다. 마치 밤의 어둠 속으로 스며들듯 사라지고 있었다. 그것은 뱀파이어들이 가지고 있는 안개화와는 전혀 다른 그런 것이었다.

서서히 사라지는 클라렌스의 신형 주변으로는 휘황한 빛이 일렁이고 있었다. 마치 인세에 현신한 신의 대리인처럼 말이다. 퀸과 제이슨은 갑자기 눈이 부시고 갈증이 일어남을 느꼈다.

화아악!

마지막 클라렌스의 모습이 완전히 사라질 즈음, 아프도록 찌르는 휘황한 빛에 자신들도 모르게 눈을 감아버렸다. 눈을 뜨면 마치 자신들의 전신이 가루가 되어버릴 것 같아서 말이다.

정적이 찾아들었다. 그저 바람 소리만 들려왔다. 겨울로 가는 초입의 바람은 이미 추위와 더위에서 벗어난 존재들인 둘을 추위에 타게 만들었다.

"그… 너는 대체 누굽니까? 퀸이시여."

퀸을 향해 물어오는 제이슨의 입에서는 허연 입김이 내뿜어지고 있었다. 늦가을이라 하나 아직 추위가 몰려올 때는 아님에도 불구하고 입가에는 서리가 내린 듯하였다.

"……."

제이슨의 물음에 어떠한 반응조차 보이지 않는 퀸이었다. 그녀의 시선은 여전히 클라렌스가 있었던 자리를 향해 있었다. 그리고 바로 옆에서 그녀의 곁을 지키고 있는 제이슨조차도 듣지 못할 작은 소리로 무언가를 되뇌었다.

"전설이 귀환하는 것인가… 전설이……."

그녀는 그저 웅얼거릴 뿐이었다. 얼이 빠진 듯한 그녀의 모습에 제이슨은 놀라고 있었다. 그녀는 지금 당황한 것이 아니었다. 서서히, 아주 서서히 공포에 물들어가면서 자신의 신체에 대한 조절 능력을 상실해 가고 있었다.

'위험하다!

제이슨은 느낄 수 있었다. 퀸이 위험했다. 그녀 스스로가 무너지려 하고 있었다. 제이슨의 손이 다급하게 퀸의 두 어깨를 잡아갔다. 무너지기 전에 잡아야만 했다.

"퀸이시여, 정신을!"

그녀의 어깨를 흔들었다. 허나, 그녀는 여전히 멍한 상태에 머물러 있었다. 그에 제이슨은 입술을 잘게 깨물었다.

감히 자신은 그녀의 신체에 손을 댈 수 없었다. 허나, 이제는 대야만 했다. 자신이 죽는 한이 있더라도 말이다.

짜아악!

고요하고 적막한 밤에 한 줄기 날카로운 소리가 울려 퍼졌다. 그에 지극히도 아름답던 퀸의 얼굴이 홱 돌아갔다. 제이슨의 코끝으로 느껴지는 잔인하도록 비릿한 냄새.

퀸은 한참 동안 고개를 젖힌 채 움직이지 않았다. 제이슨은 덜덜 떨리는 손으로 퀸을 바라보고 있었다. 이번에도 그녀가 미몽에서 깨어나지 못한다면 다른 수단을 쓸 준비까지 하고 말이다.

느릿하게 퀸의 얼굴이 돌이켜지고 있었다. 항상 가지런했던 머리카락이 제멋대로 헝클어져 그녀의 얼굴을 뒤덮고 있었다. 허나, 그 순간에도 제이슨은 짧은 침음성을 삼키고 말았다.

"크으음."

지독히도 아름다웠다. 미치도록 아름다웠다. 헝클어진 머리카락 속에서 서서히 드러내는 퀸의 얼굴은 지독히도 퇴폐적으로 아름다웠다.

창백하게 변한 그녀가 웃었다. 제이슨에게 맞은 오른 뺨에 선명한 손자국이 나 있었다. 입술이 터져 흘러내리는 피조차 아랑곳하지 않고 그녀는 날카로운 송곳니를 드러내며 웃었다.

"죄, 죄송합니다. 퀸이시여!"

곧바로 무릎을 꿇고 머리를 조아리는 제이슨이었다. 퀸은 그러한 제인을 눈만 내리간 채 조용히 지켜보았다. 숨이 막힐 듯한 잠깐의 시간이 흘렀다. 허나, 제이슨에게는 그 짧은 시간이 마치 영원과도 같이 느껴지고 있었다.

그의 숙인 얼굴에는 어느새 굵은 땀방울이 맺혔고, 마침내 그 무게를 견디지 못하고 떨어져 내렸다. 마치 끝없이 계속되는 아득한 나락에 떨어지듯이 말이다.

그때 제이슨의 얼굴 위로 지독히도 차가운 무엇이 다가왔다. 바로 퀸의 차갑디차가운 손이었다. 그녀의 손이 고개를 숙인 제이슨의 얼굴을 감쌌다.

"나를 살렸음에 그대의 무례를 허한다. 또한, 그대에게 생명을 허한다."

"퀴, 퀸이시여……."

여하한 상황이라도 결코 퀸의 존체에 손을 댈 수 없는 그. 하지만 퀸은 그의 충심을 인정했고, 상황을 인정했다. 제이슨은 감격했다. 그러한 그의 얼굴 위로 퀸의 얼굴이 포개어졌다.

차갑지만 촉촉하고 부드러운, 이루 형언할 수 없는 무언가가 제이슨의 입술을 훑고 지나갔다. 향기가 났다. 달콤하고 위험한 향기가 났다. 제이슨은 그 무언가를 거부할 수 없었다.

자신은 자신을 위해서가 아닌, 퀸을 위해서 존재하는 것이기에. 그리고 이내 달콤하고 위험한 향기가 입술로부터 떨어져 나갔을 때 그는 왠지 모를 아쉬움에 울대를 쿨렁거릴 뿐이었다.

이어서 얼굴을 감싸고 있던 차가운 퀸의 두 손 역시 그의 얼굴을 떠났다. 그 차가움이 오히려 따스했던가? 퀸의 손이 떠난 제이슨의 뺨을 늦가을의 서늘함이 할퀴고 지나갔다.

제이슨이 고개를 들어 퀸을 존재를 찾았다. 허나, 그는 결코 퀸의 얼굴을 볼 수 없었다. 그가 볼 수 있었던 것은 길게 늘어진 퀸의 그림자였다. 깊숙하게 눌러쓴 후드가 하늘거리며 늦가을의 바람을 이겨내고 있었다.

"돌아간다."

"명을 따릅니다."

그렇게 둘은 밤하늘에 박혀 어두운 세상을 밝히고 있는 보름달 사이로 사라져 갔다. 보름달 사이로 둘의 뒷모습이 완전히 사라졌다. 그리고 세상은 다시 적막함에 휩싸이기 시작했다.

변한 것은 아무것도 없었다. 아니, 변한 것은 있었다. 클라렌스 프라네리온 백작의 실종이 그것일 게다. 그녀는 사라졌다. 어디로 갔는지 모를 일이었으나 분명 존재하나 존재하지 않게 되었다.

바로 그 순간 더글라스 후작과 대화를 하고 있던 제논은 자신도 모르게 눈살을 찌푸리고 있었다. 무언가 가슴 한구석이 비어버린 듯한 그런 느낌을 받은 것이었다.

'이 기이한 감정은 무엇인가?'

진정으로 기이했다. 아픈 것도 아니고 서운한 것도 아니었으며, 그렇다고 기쁘거나 슬픈 것도 아니었다. 지금껏 경험해보지 못한 그런 감정이었다. 무언가 아릿함이 느껴지는 순간이었다.

제논의 표정이 미묘하게 변했다. 마주 보고 제논과 대화를 하고 있던 엘더 오크가 된 더글라스 후작은, 그러한 작지만 미묘한 변화를 잡아내고 있었다.

"무언가?"

나직하게 물어가는 더글라스 후작이었다. 제논의 시선이 더글라스 후작을 향했다. 더글라스 후작은 제논의 시선 속에 약간의 불안감이 깃드는 것을 보았다.

물론 찰나에 사라졌지만 그 순간을 포착한 더글라스 후작이었다. 그 감정은 더글라스 후작 역시 익히 경험하고 절실하게 느꼈던 것이었다.

'이 사내에게도 불안? 그런 것이 있었던가?'

더글라스 후작은 제논과 대화를 하며 강철과 같은 단단함을 느꼈다. 도저히 어찌할 수 없는 산과 마주한 그런 느낌이

었다. 그런데 그러한 사내가 어느 순간 전혀 다른 모습을 내
보인 것이었다.

은근히 호기심이 동하는 더글라스 후작이었다. 제논이라
는 사내를 놀리려는 것이 아니다. 그 약점을 잡을 생각도 없
었다. 하지만 대체 무엇이 이 강철 산과 같은 사내의 감정을
변하게 했는지 알고 싶었다.

"아닙니다."

"그런가?"

"그렇습니다."

허나, 제논의 대답은 지극히 무미건조했다. 더글라스 후작
의 투박하고 혹은 무섭기까지 한 얼굴이 샐쭉하게 변했다. 하
지만 굳이 따져 묻지는 않았다. 단순히 호기심일 뿐이니 말이
다.

"이제 어찌할 텐가?"

"요튠하임으로 향할 생각입니다."

"그들과 맞설 생각인가?"

"전쟁이 시작된 지는 이미 오래입니다. 다만, 수면 위로 떠
오르는 시간이 오래 걸렸을 뿐입니다."

"그건 그렇지."

제논의 말에 고개를 끄덕이는 더글라스 후작이었다. 더글
라스 후작은 제논과 많은 대화를 하였다. 그리고 자신이 왜

제논이라는 이 사내에게 끌렸는지도 알게 되었고, 지금의 상황이 어떻게 돌아가는지도 알게 되었다.

또한 자신은 절대 인간으로 돌아갈 수 없음을 알 수 있었다. 한 예로 그는 몬스터의 울음소리에 움찔거리며 반응하고 있는 자신의 신체를 생각했다.

자신은 오크라는 몬스터로 살아갈 수밖에 없었다. 엘더 오크로. 그 옛날 타락한 흙의 정령인 엘더 오크로서 말이다. 아마도 이 전쟁이 끝나면 그는 깊고 깊은 숲 속으로 들어가 오크들을 규합할 것이다.

"이 전쟁이 끝날 때까지 백작을 돕도록 하지."

"많은 도움이 될 것입니다."

제논은 자리를 털고 일어났다. 그를 따라 더글라스 후작 역시 일어섰다. 둘의 대화를 멀찍이서 듣고 있던 스톡스 자작 역시 이제는 조금 진정된 키메라 병사들을 인솔하여 더글라스 후작의 곁으로 다가왔다.

"이 시간 이후로 우리는 패트리아스 백작군에 합류한다."

"명을 따릅니다."

제논이 걸음을 옮겼다. 그의 곁으로 더글라스 후작이 따랐다. 더글라스 후작의 뒤를 키메라 병사들이 따르기 시작했다. 그들은 말없이 움직일 뿐이었다. 귓가로 날카로운 바람 소리가 스쳐 지나갔다.

제논과 더글라스 후작, 그리고 스톡스 자작은 마치 산책하듯이 가는 반면, 그들의 뒤를 따르는 키메라 병사들은 미친 듯이 내달리고 있었다. 순식간에 작은 야산 두 개와 작은 강 하나를 지나쳐 왔다.

키메라 병사들은 헐떡이기는 했으나 아직은 견딜 만한지 혀를 길게 내빼고 그들을 따랐다.

"실패작은 아닌가 보군요."

흘깃 자신의 뒤를 전력으로 따라오는 키메라 병사들을 바라보며 제논이 입을 열었다.

"뭐, 그렇기는 하지만 그들의 입장에서는 여전히 실패작이야. 소모품일 뿐이지. 물론 입장이 입장이니만큼 완연한 실패작을 보내지는 않은 것은 사실이지만."

더글라스 후작의 말을 들으며 가만히 고개를 끄덕이는 제논이었다. 저 정도면 키메라 병사 한 명당 일반 병사 20~30명은 족히 감당할 수 있을 정도의 수준이었다.

생각보다 뱀파이어들의 세력이 단단하게 느껴지고 있었다. 세력도 세력이지만 그동안 은밀하게 행동하던 그들이 이제는 전면에 드러내 놓고 나선다는 것이 더욱 문제일 듯싶었다.

"아국(我國)을 제외하고 또 어디입니까?"

"아마도… 나파즈 왕국일걸세."

"나파즈. 나파즈라……."

제논은 이 전쟁이 끝나려면 나파즈 왕국까지 정벌을 해야 할지도 모른다는 불길한 느낌이 들었다.

나파즈 왕국은 전통적으로 코린 왕국과 앙숙과 같은 왕국이었다. 지형적으로 이웃하였으며 코린 왕국 열 배 정도에 이르는 영토를 지니고 있었다.

허나, 나파즈 왕국은 왕국이었다. 제국이 아니었다. 제국은 오로지 치레아 제국뿐이었다.

나파즈 왕국은 제국으로 향하기 위해서는 반드시 코린 왕국을 거쳐야만 했다. 한때 코린 왕국과 나파즈 왕국은 같은 왕국이었다. 허나, 어떠한 연유에서인지 어느 순간 나파즈 왕국과 코린 왕국은 하늘 아래 같이 존재할 수 없게 되었다.

많은 역사학자가 그 연유에 대해 가설을 내어놓고 있기는 하지만 한 왕국에서 두 왕국으로 쪼개진 이유에 대해서는 정확한 기술이 없기에 그저 추측할 뿐이었다.

그런데 그런 나파즈 왕국이 바로 지금의 전쟁의 배후라는 것을 알게 되는 순간 나파즈 왕국은 이미 오래전에 뱀파이어들에 의해 점령당했을 가능성이 높았다. 동시에 상당히 오랫동안 지금의 상황을 위해 공들여 왔음을 느낄 수 있었다.

"그들은… 이미 많은 준비를 했겠군요."

"그렇다고 할 수 있지."

둘은 가볍게 대화를 하고 있었다. 기실 더글라스 후작은 왜 자신이 이런 것을 알고 있는지 몰랐다. 하나, 짐작은 할 수 있었다. 애초 자신은 완성품이 아닌 실험 대상이었기에 수없이 많은 실험의 대상이 되었다.

그 와중에 뱀파이어들은 자신들만이 가능한 피의 전승에 대한 실험을 실행하게 되었고, 당시 더글라스 후작은 아무런 효과를 낼 수 없었기에 이내 다른 프로젝트로 전환되었다.

그러한 피의 전승에 대한 실험 중에는 상당히 고급화 정보가 많았는데 그것은 바로 고위급 뱀파이어들이 그 실험에 대해 상당히 지대한 관심을 가지고 있었기 때문이었다.

결국 다른 실험체에 의해 선택적인 피의 전승이 가능한 실험체를 만들어내는 것에 성공했지만 가장 많은 실험을 당하고 가장 많은 관심을 가졌던 더글라스 후작이었으니 지금의 상황은 당연했다.

허나, 정작 더글라스 후작은 그때의 기억이 없으니 지극히 당황스러웠다. 하지만 인간이었을 적 그는 귀족이었다. 그것도 고위 귀족 말이다. 귀족이란 자신을 숨기는 것을 지극히 자연스럽게 터득하는 특이한 존재인지라, 마치 원래 자신이 알고 있었던 양 자연스럽게 모든 상황에 대해 답을 해주는 더글라스 후작이었다.

"아니, 코린 왕국은 이미 나파즈 왕국의 수중에 들어갔다고 해도 과언이 아닐 것 같군요."

"헤밀턴 공작 가문과 오브레임 후작 가문 그리고 국왕마저 그들의 마수에 빠졌다면 이제는 정지작업만 남은 것이겠지."

둘은 마치 다른 왕국에서 일어난 일인 양 아무렇지도 않게 대화를 나누고 있었다. 허나, 그 둘의 대화를 다른 이가 듣고 있다면 너무 놀라 심장이 입 밖으로 튀어나와도 뭐라 할 이는 없을 것이었다.

그 둘의 단순한 대화에 두 개의 왕국이 하나가 되었으니 말이다. 그리고 인간의 왕국이 아닌 뱀파이어들의 왕국이 되는 것이니 말이다. 키메라 병사가 있고, 라이칸 슬로프가 기사로 존재하는 그런 몬스터 왕국 말이다.

그렇게 심각한 상황을 아무렇지도 않게 대화하는 동안 그들은 마침내 요툰하임에 도착했다. 제논은 아무런 거리낌도 없이 이미 한 번의 전투를 치른 후 진영을 정비하고 있는 연합군의 진영으로 들어서고 있었다.

"정지! 누구냐!"

"제논 패트리아스!"

"헉! 자, 잠시 기다려 주시길."

연합군의 훈련은 결코 약하지 않았는지 군기는 엄정했고, 당황한 가운데서도 절차를 따르고 있었다. 그런 와중에 경비를 서던 병사와 한 명의 기사가 초소를 빠져 나오고 있었다. 그는 이내 제논을 알아본 듯 기사로서의 예를 취했다.

"충! 후문 102초소 경비를 맡고 있는 기사 게레로가 패트리아스 백작 각하를 뵙습니다."

아마도 제논을 언젠가 본 적이 있을 것이다. 패트리아스 영지라면 영지민들조차도 제논의 얼굴을 알고 있을 정도이니 평민보다 높은 직위를 가진 기사들이 제논의 얼굴을 못 알아볼 리가 없었다.

"가도 되나?"

"토, 통과하십시오. 어서 문을 열어라."

기사 게레로는 다급하게 경비병들에게 외쳤다. 그는 사실 당황할 수밖에 없었다. 요툰하임에 있는 모든 기사는 안다. 제논 패트리아스 백작은 손수 소수의 영지군을 이끌고 켄트 주를 향해 들어오는 귀족군을 맞이하고 있다는 것을 말이다.

백작의 영지가 아무리 얼마 되지 않는다고 하지만 그 거리는 쉬지 않고 빠르게 걸어서 한 달은 족히 걸어야 할 그런 거리였다. 그런데 출병하여 겨우 한 번 접전을 벌일 그 시간에 연합군의 수장이 나타났으니 당연히 당황하지 않을 수 없는 것이다.

제논은 더글라스 후작 그리고 스톡스 자작과 그를 따르는 키메라 병사를 대동하여 진영 안으로 사라져 갔다. 그러한 그들의 모습을 바라보는 기사들과 병사는 서서히 얼굴이 풀어지고 있었다.

긴장했던 것이 제논이 사라짐과 동시에 서서히 풀렸기 때문이었다.

"저, 정말 백작 각하십니까?"

그때 기사의 옆에 서 있던 노련해 보이는 병사가 은근히 물어왔다. 영지민이라면 모를까, 연합군의 병사들은 패트리아스 백작을 본 적이 없으니 당연히 모를 것이었다.

"패트리아스 백작 각하의 특징은?"

"180 정도의 키에 허리까지 내려오는 백발. 그리고… 가을 하늘을 닮은 깊고 푸른 눈동자라 하였습니다."

"틀린 것이 있나?"

"……정말 맞군요. 저는 설마 그런 사람이 있을까 하고 생각했습니다만."

정말 그러했다. 허리까지 내려오는 백발은 어찌나 가지런한지 일부러 그렇게 만든다 해도 하지 못할 그런 것이었다. 그리고 한 번 보면 절대 잊을 수 없는 짙고 깊은 푸른 눈은 정말 가을 하늘을 닮아 있었다.

비현실적인 모습이라 할 수 있었다. 대개 귀족들이나 기사들은 사람을 표현함에 있어 과하게 표현을 했다. 그래서 병사들은 알아서 걸러들었다. 허나, 패트리아스 백작은 그 표현이 약간 모자란 듯싶었다.

단 한 번 보았음에도 불구하고 노련한 병사의 뇌리에는 그의 모습과 목소리가 완벽하게 각인되고 있었기 때문이다. 기사와 병사는 그저 작은 한숨을 내쉬며 제논이 사라진 방향을 바라보았다.

기사는 자신의 소임을 다했다는 안도의 한숨이, 그리고 노련한 병사는 '과연 귀족들의 말이 부족할 때도 있구나.' 하는 생각이 깃들어 있는 한숨이 새어 나올 뿐이었다.

제논은 진중을 걸어 들어가면서 승패를 나누지 못한 상황에서 조금은 힘들어하는 병사들과 귀족들을 볼 수 있었다. 전투에 있어서 승리만이 모든 것을 결정하는 것은 아니었다.

허나, 승패가 결정되지 않았음에도 불구하고 진중에서 느껴지는 느낌은 바로 암울함이었다. 제논은 그 연유를 알 수 있었다. 이런 진중의 분위기에 결정적으로 기여한 자가 바로 자신의 곁에서 같이 걷고 있는 자이니까 말이다.

그러는 동안 누군가가 전열을 가르며 제논을 향해 다가오고 있었다. 그들은 다름 아닌 드라기 백작과 곤잘레스 남작, 그리고 전투에 참여한 연합군 소속 귀족이었다.

"이 먼 곳을 어찌 오셨습니까?"

제논의 곁으로 다가오고 있는 드라기 백작의 목소리에는 약간의 피곤함이 깃들어 있었다. 상당히 힘든 전투였던 모양이었다. 후방을 맡겼던 휘트니 자작과 그에게 맡긴 기사, 마법사, 그리고 병사들이 모두 전멸당했다.

적과 대등하게 전투를 치렀지만 휘트니 자작의 죽음과 후방군의 전멸은 그에게 상당히 큰 타격임에 분명하였다. 물론 전투를 지휘하는 사령관의 입장에서 그리 가볍게 표시를 낼 것이 아닌 것은 사실이다.

허나 다르게 보면 그것은 그만큼 충격적이라는 말이 될 것이고, 그들을 전멸시킨 이들이 언제든지 다시 후방을 공략할 수 있음을 의미하고 있는 것이고, 자신들은 그런 위험한 존재에 대해서 아무것도 모른다는 것이었다.

"전장 상황은 어떻습니까?"

"그게… 만만치는 않습니다."

"그렇겠지요. 이미 오랫동안 준비했을 것이니 말입니다."

"헌데…….."

그때 드라기 백작의 시선이 더글라스 후작과 스톡스 자작에게로 향했다. 더글라스 후작은 사정상 후드를 깊숙하게 눌러쓰고 있었다. 그것은 스톡스 자작 역시 마찬가지였다.

그들의 독특한 용모는 어디서 자연스럽게 드러내 놓을 수 있는 그런 용모가 아님은 분명했으니 말이다.

"안으로 들어가지요. 들어가서 설명을 해드리겠습니다."

제논은 드라기 백작에게 안으로 들어갈 것을 권했다. 그에 드라기 백작은 물어볼 것이 한없이 많은 표정을 짓고 있었다.
실제 그는 궁금했다. 대체 켄트주의 전장은 어찌하고 이곳에
있다는 말인가? 그리고 그가 대동한 두 명의 정체불명의 인물
들은 또 무엇이란 말인가?

하지만 물어보지 않았다. 그가 안으로 들어서 이야기하자
고 한 것은 분명 어떤 중요한 의미가 포함되어 있다는 것을
의미하기 때문이었다.

"알겠습니다. 안으로 드시지요."

"또한, 연합군에 속한 귀족들과 주요 전투를 담당한 기사
들을 모두 불러주시기 바랍니다."

제논의 말에 상황이 심각하다는 것을 느낀 드라기 백작이
었다. 웬만큼 중요한 일이 아니고서는 그가 대규모의 회의를
하는 경우는 매우 드물었기 때문이었다.

그런데 그가 모든 주요 지휘관을 모아달라고 했다. 그것은
매우 중요하게 할 말이 있다는 것을 의미했기 때문이었다.

"알겠습니다. 이쪽으로 가시지요."

끄덕.

드라기 백작이 길을 열었고, 제논이 걸음을 옮겼다. 드라기
백작은 자연스럽게 제논의 반 발자국 물러난 곳에서 마치 그
를 수행하는 모양새를 취하게 되었다.

드라기 백작은 그러한 제논을 대형 작전 막사로 안내했다.

수많은 귀족과 기사를 수용할 수 있을 정도로 만들어진 거대한 작전 지휘 막사였다. 그러한 작전 지휘 막사의 가장 상석에 제논을 안내하는 드라기 백작이었다.

비록 자신이 이곳 요툰하임 전장을 맡은 지휘관이지만 패트리아스 백작은 엄연히 연합군의 수장이었으니 당연한 결정이라 할 수 있었다. 가장 상석에 제논이 앉았고, 후드를 깊숙이 눌러쓴 두 인물은 제논의 뒤에 자연스럽게 시립했다.

드라기 백작은 제논의 우측에 앉았다. 그리고 곤잘레스 남작은 드라기 백작의 전언을 전파시키고 드라기 백작의 맞은편에 앉았다. 그러기를 한참. 작전 지휘관 막사에는 서서히 귀족들과 기사들이 들어와 각자 자신의 자리를 찾아가 앉았다.

그들은 처음에는 약간 피곤한 표정으로 막사 안으로 들어왔다. 허나, 가장 상석에 자리한 백발의 사내를 보자 이내 무언가 상황이 이상하게 돌아가고 있음을 느꼈다. 무거운 분위기에 중요한 무언가가 있다는 것을 깨닫고 곧바로 피곤한 안색을 지웠다.

"말이 길어질 것 같으니 아예 석식을 같이 준비해야 할 것 같습니다."

제논이 나직하게 드라기 백작에게 전했다. 이것은 정말 드문 일이었다. 식사를 하는 도중에 어떤 일을 처리하는 것을 본 적이 없는 드라기 백작이었기 때문이었다.

"그렇게… 하겠습니다."

귀족과 기사가 모두 들어오고 석식이 차례대로 차려지기 시작했다. 보통 때 귀족들의 석식이라면 상당히 화려했을 것이나 이곳은 보통의 장소가 아닌 바로 전장의 중심이었기에 평소 먹는 음식과는 상당히 다른 다소 담백한 식단이 자리하고 있었다.

일단 제논이 식사를 시작했다. 그에 귀족들과 기사들 역시 식사를 하기 시작했다. 평소라면 환담을 나누면서 조금은 시끌벅적하게 진행되었을 식사였으나 무겁게 짓누르는 상황 때문인지 코로 들어가는지 입으로 들어가는지 모를 정도로 눈치를 보고 있었다.

"식사를 하면서 듣길 바랍니다."

그 와중에 제논이 가볍게 입을 열었다.

"원래는 이 사실을 전쟁이 끝난 이후 공표하려 했소. 허나 이리 급하게 작금의 상황에 대하여 설명이 필요할 것 같아 갑작스럽게 이곳을 찾게 되었소."

제논의 말에 식사가 멈췄다. 무언가 중요한 말을 하려는 것을 알게 된 것이다. 귀족들은 조용히 나이프와 포크를 내려놓고 제논을 바라보기 시작했다.

"이 일은 본작의 가문이 멸문당한 35년 전으로 돌아가 이야기가 시작되오."

그렇게 제논의 이야기가 시작되었다. 알리고 싶지 않았으나, 어쩔 수 없이 알려야만 했다. 이것은 단순히 자신만의 문제가 아니었다. 여기 있는 모든 이의 문제였고, 더 나아가 모든 인간의 문제였다.

평생을 노예로 살아가야 하고, 자신뿐만 아니라 자신의 후대마저도 노예로 살아가야만 했기에 제논은 선택을 할 수밖에 없었다.

이미 사태는 걷잡을 수 없이 커지고 있었다. 나파즈 왕국이 있었고, 헤밀턴 공작 가문이 오브레임 후작 가문이, 그리고 코린 왕국의 국왕이 있었다. 지금 제논이 이 자리에 앉기까지 흘러간 시간 동안 희생된 이들이 있었다.

막사는 침울해졌다. 처음에는 감탄과 놀람, 혹은 경악이 있었다. 허나 제논의 이야기가 어느 정도 진행되자 이제는 핏기가 사라지고 창백하게 변한 귀족들과 기사들이 있었다.

그들의 얼굴에 드러난 표정은 참으로 다양했다. 공포가 있는가 하면 도저히 믿을 수 없다는 표정을 짓는 이도 있었다. 분노를 담은 시선을 가감 없이 드러내는 이들 역시 있었다.

"……그래서 여기까지 온 것이오."

"하아~"

"어찌 그런……."

초저녁부터 시작된 제논의 말은 밤을 넘기고 새벽이 되어서야 겨우 끝이 났다. 35년의 역사는 결코 짧은 기간이 아니었기 때문이었다. 그리고 최근에 일어난 왕국의 사정과 제논의 개인적인 사정은 그야말로 단 한순간도 놓칠 수 없는 중요한 정보를 담고 있었다.

"그것을… 그것을 증명할 수 있습니까?"

지독히도 잠겨든 목소리로 제논에게 물어오는 귀족이었다. 그에 제논은 그 귀족을 바라본 후 고개를 주억거렸다.

"지금 여기서 말입니까?"

"원한다면."

원한다면 지금까지 이어진 자신의 말을 증명할 증거를 보여주겠다는 말이었다. 그에 귀족들은 일순 말을 잃었다. 허나, 이내 큰 결심을 한 듯 얼굴을 굳힌 후 입을 열었다.

"보여주십시오."

귀족의 요구에 제논은 무심하게 고개를 끄덕였고, 귀족들이 막사에 들어오기 전부터 제논의 뒤에 시립해 있던 두 명이 앞으로 나섰다. 그리고 서서히 깊숙하게 눌러쓴 답답한 후드를 벗기 시작했다.

모든 시선이 그 둘에게로 집중되었다. 아주 서서히 드러나는 둘의 얼굴. 그들의 얼굴이 드러날수록 귀족들과 기사들의 눈동자는 커지고 입은 벌어지고 있었다.

그리고 마침내 두 명의 모습이 드러났다.

"허어~"

"어찌… 어찌 저럴 수가…….."

순간 탄성이 터졌다. 분노의 탄성이었다. 누군가는 내려놓았던 검병을 잡았고, 죽일 듯이 둘을 바라보는 이도 있었다. 허나 그들은 감히 검을 뽑아 들지 못했고, 입 밖으로 분노에 찬 음성을 내지 않았다.

"본작은 제레미 더글라스 후작이라 하네."

"본작은 닉 스톡스 자작이라 하네."

둘이 자신을 소개했다. 그에 기사들과 귀족들은 너무나도 놀라 허탈한 표정을 짓고야 말았다. 닉 스톡스 자작은 몰라도 제레미 더글라스 후작을 모르는 이는 없었다.

"진정… 진정 더글라스 후작 각하십니까?"

목소리가 들려오는 쪽으로 더글라스 후작의 시선이 옮겨졌다. 시선이 옮겨진 곳에는 더글라스 후작 역시 익히 아는 얼굴이 있었다. 잊을 수 없는 얼굴이었으니 당연했다.

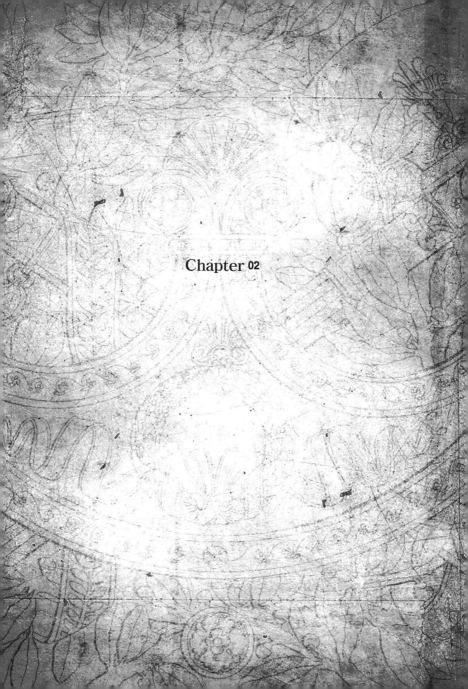

Chapter 02

"넌… 캐서린의 아들 조나단이로구나. 멸문당한 것으로 알고 있거늘."

"……."

캐서린 더글라스.

더글라스 후작의 여섯 번째 여동생. 제레미 더글라스 후작이 가장 아꼈던 여동생이었다. 더글라스 후작은 후작위에 오르기 전 가문의 피 말리는 후계 경쟁을 그녀에게 보이기 싫어 평소 알고 지내던 플레이크 후작 가문의 장자와 결혼시켰다.

물론 그 또한 정략결혼이었으나 당시 더글라스 후작으로

서는 그것이 최선이었다. 어차피 정략결혼이라면 가문의 외동아들로서 후계에 대한 부담이 없으며, 차기 플레이크 가문을 이끌 장자이니 가문에 보탬이 되고 자신이 아끼는 동생에게도 도움이 되었기 때문이다.

"캐서린은……."

"살아 계십니다."

"살아… 있어. 살아 있었구나. 그랬구나. 살아 있었구나."

조나단의 말에 더글라스 후작은 마치 우는 듯 웃는 듯 알쏭달쏭한 표정을 지어 보였다. 이 세상에 오로지 자신 혼자인 줄만 알았다. 그런데 후손이 살아 있었다.

그것만으로도 더글라스 후작은 미묘한 감정을 맛보아야 했다. 기쁘고 또 기뻤다. 그런데 기뻐할 수만 없었다. 자신은 이미 조카마저도 알아보지 못할 정도의 괴물이 되어 있었으니 말이다.

"다행이구나. 다행이야."

약간의 시간이 지난 후 더글라스 후작은 마음을 정리했는지 홀가분한 표정으로 조나단을 바라보며 말을 하고 있었다.

그에 약간은 이상한 느낌을 받은 조나단이었다.

자신이 생각하는 삼촌은 결코 지금과 같은 말을 하지 않은 존재였다. 마치 거대한 벽을 보는 듯한 그런 강직한 사람이었다. 귀족으로서 자부심이 가득한 그런 사람 말이다.

전혀 다른 오크의 얼굴과, 과거와는 비교조차 할 수 없을 정도의 거대한 체구를 지니고 있었지만 조나단은 본능적으로 알 수 있었다. 자신의 생각하는 그 삼촌이 맞다는 것을 말이다.

"어머니께……."

"알리지 말아다오."

"하지만!"

"나는 이미 인간으로 돌아갈 수 없음이다. 몬스터가 된 게지. 너도 보아 알겠으나 인간으로 돌아갈 수 없음이다. 다만, 네가 너의 가문을 복원시키는 데 최대한 돕도록 하마."

"……."

더글라스 후작의 무척이나 담담한 목소리에 조나단은 할 말이 없었다. 그는 지금 더글라스 후작으로부터 마치 아버지와 같은 느낌을 받고 있었다.

그럴 수밖에 없었다. 철이 들기도 전에 자신의 가문은 멸문당하였고, 가신들과 어머니 밑에서 오로지 가문의 복원을 위해 목숨을 걸었으니 말이다. 헌데, 전혀 다른 모습이나 더글라스 후작에게서 마치 아버지와 같은 모습을 보게 된 것이었다.

"저만… 알고 있도록 하겠습니다."

"그래. 그렇게 해라. 어느덧 다 컸구나, 다 컸어."

더글라스 후작은 새삼스럽게 자신의 조카를 바라보았다. 가문은 다르나 이제 자신에게 남은 두 명의 혈육 중 한 명이었다. 비록 자신의 가문은 무너져 두 번 다시 일으킬 수 없겠으나 자신이 도와준다면 플레이크 후작 가문은 영원할 수 있었다.

그렇게 잠시의 정적이 흘렀다. 더글라스 후작과 조나단 플레이크 경의 만남은 회의 석상을 침묵하게 만들었다. 몇몇 귀족은 그 만남에 감동을 받아서인지 눈시울을 적셨고 어떤 이는 막사의 천정을 바라보며 탄식을 내뱉기도 했다.

운명의 장난이라 할 것이다. 과거의 영광은 어디 가고 지금의 코린 왕국은 그야말로 만신창이가 되어버렸다.

오로지 죽음만이 존재하는 그런 상황이 되어버린 것이었다. 그런데 그 시체가 산더미처럼 쌓이는 와중에서도 꽃은 피고 있었다. 현실을 개탄하면서도 귀족들은 그들의 만남에 어떤 희망을 가지게 되었다.

분노하던 분위기가 어느덧 냉정하게 가라앉았으며, 조금은 암울한 상황에 대해 답답해하며 칙칙하게 변해가던 막사는 이내 서서히 활기와 희망으로 달아오르기 시작했다.

"우리가… 우리가 어찌해야 합니까?"

그때 드라기 백작이 입을 열었다. 그의 얼굴은 딱딱하게 굳어져 있었다. 그리고 눈에는 결연한 의지가 깃들어 있었다.

아니, 불타오르고 있었다.

이 냉혹하고 잔인한 현실을 반드시 종식시키고야 말겠다는 의지 말이다. 지금 이 순간 드라기 백작의 가슴 한쪽 구석에는 불같은 욕망이 치솟아 오르고 있었다.

'이 상황을 바꿔야 한다. 이 왕국을 새롭게 바꿔야 한다.'

그러했다.

방금 전까지 그는 방황하고 있었다. 패트리아스 백작에게 자신의 야망을 밝혔으나 솔직히 자신이 없었다. 자신을 따르는 이가 많기는 하나 실질적으로 자신들을 이끄는 자는 패트리아스 백작이었기 때문이다.

때문에 그는 과연 자신이 패트리아스 백작을 제치고 왕좌의 자리에 자신의 야망을 달성할 수 있을 것인가에 대해 강력한 의혹을 가질 수밖에 없었다. 때문에 그는 마음을 굳히지 못하고 있었다.

자신의 야망을 밝혔으나, 그가 지켜본 패트리아스 백작은 자신이 따르지 못할 카리스마와 포용력을 보여주고 있었다. 또한, 그 누구도 따르지 못할 무력까지 지니고 있었다.

포부와 야망을 밝혔음에도 불구하고 패트리아스 백작의 그늘로 스며든 이유가 있었다. 패트리아스 백작이 왕좌에 관심이 없다는 생각을 명백히 밝혔기 때문이었다.

허나, 그와 같이하면 같이할수록 그는 자신이 따를 수 없는 존재라는 것을 드러내고 있었다. 처음엔 반신반의하던 귀족들 역시 서서히 무게의 추를 패트리아스 백작에게 돌리고 있었다.

그것은 분명했다. 왕좌에 대한 야망을 밝힌 자신마저도 그에게 마음의 추가 기울고 있으니 다른 이들은 어찌할 것인가 말이다.

그에게는 사람들을 끌어들이는 무엇인가가 있었다. 스스로 복종하게 만드는 무엇인가가 있었고, 문제를 풀어가는 어떤 능력이 있었다. 그러하기에 이제 드라기 백작의 심중에는 왕좌에 대한 야망보다는 패트리아스 백작을 도와 이 왕국을 새롭게 바꾸고 싶다는 생각이 자리하게 되었다.

'왕좌를 포기한다. 어떻게 해서든지 그를 왕위에 올린다.'

그는 지금 이 순간 결심하고 있는 것이다. 그러한 드라기 백작을 날카로운 눈으로 바라보고 있는 이가 있으니, 그의 군사인 곤잘레스 남작이었다. 곤잘레스 남작의 눈이 날카롭게 변했다.

'이건⋯ 안 좋다.'

그는 지금 이 순간 듣고 있었다. 자신의 꿈이 무너지는 소리를 말이다. 그는 자신의 주군으로 드라기 백작을 선택했다. 헌데, 자신의 주군이 야망을 포기하고 있었다.

자신이 선택한 주군이 야망을 버렸다는 것은 자신이 그의 곁에 있을 필요가 없다는 것을 의미했다. 그에 곤잘레스 남작은 지그시 아랫입술을 깨물었다.

회의 석상 밑으로 내린 손은 연신 까딱이면서 손에서 나오는 땀을 닦느라 쉼 없이 움직이고 있었다. 그는 입을 다물어 버렸다.

지금 이곳에 자신이 서야 할 자리는 없었다. 아직까지 자신은 드라기 백작의 수석 군사였으니 말이다. 때문에 마음이 들킬까 그는 얼굴을 딱딱하게 굳히고 마치 아무렇지도 않다는 듯한 표정을 지을 수밖에 없었다.

"귀족들을 규합해야 합니다."

그때 드라기 백작의 물음에 제논이 간단하게 답을 했다. 드라기 백작은 누가 그걸 몰라서 묻느냐는 듯한 표정을 지었다.

"방법이……."

"생길 것입니다."

"어떻게 말입니까?"

"소문이 퍼지기 시작할 것입니다. 동북부 연합의 무력과 함께 언데드의 출현, 그리고 언데드들을 소환하는 존재의 출현에 대해 왕국 전역에 퍼지기 시작할 것입니다."

제논의 말에 드라기 백작은 알 수 있었다. 그는 이곳에 오기 전에 이미 모든 상황을 예측하고 있었다는 것을 말이다. 어떤 방법을 사용할지는 모르겠으나 그가 그렇다면 분명 그러할 것이었다.

"허면, 지금 우리가 해야 할 일은 이곳 전장에 집중하는 것이로군요."

"여기 저의 뒤에 있는 더글라스 후작과 스톡스 자작이 전투를 도울 것입니다."

"그렇다면 적들도 라이칸이 되었든 뱀파이어가 되었든 투입할 가능성이 높겠군요."

드라기 백작과 제논이 주거니 받거니 대화를 주도하고 있었다. 귀족들은 그 둘의 대화를 집중해서 듣기 시작했다. 자신들이 이곳 전장에서 어떤 역할을 해야 하는지 결정하는 중요한 대화였으니 말이다.

"아마도."

드라기 백작이 말에 제논은 간단하게 고개를 주억거릴 뿐이었다. 드라기 백작의 생각이 정확했기 때문이다. 그에 귀족들이 서서히 입을 열어 자신의 생각을 말하기 시작했다.

처음 입을 열기가 어렵지, 정신을 수습하고 사태의 심각성을 깨달은 귀족들과 기사들은 자신들의 생각을 밝히는 데 주저함이 없었다. 이곳에 있는 귀족들은 그나마 어느 정도 지각을 가진 이들이라 할 수 있었다.

영지민을 보살피고 나아가 왕국을 위해, 그리고 귀족으로서의 의무를 다하기 위해 노력하는 이들이라 할 수 있었다.

그러한 이들에게 어떤 중요한 사명감이 주어지자 그들은 새롭게 바뀌고 있었다.

막사 안은 점점 열기를 더해가고 있었다. 갑론을박. 좋은 의견이 있는가 하면 쓸모없는 무모한 의견도 나왔다. 타박하지도 않았으나 실현 가능성이 없는 의견은 그대로 오가는 수많은 대화 속에 묻히고 있었다.

"자자~ 다들 진정하고 휴식을 위해 잠시 정회하도록 하겠소. 귀족군들도 우리의 전력을 확인했으니 아마도 오늘은 전투가 없을 것이오. 그들 역시 적지 않은 손실을 입었으니 말이오. 허니, 다들 병사들을 다독이고 쉬신 후 다시 회의를 속개하도록 하겠소."

드라기 백작이 점점 과열되어 가고 있는 상황을 진정시키기에 이르렀다. 그에 귀족들과 기사들은 자신들이 너무 몰입했다는 것을 알고, 드라기 백작의 의견이 타당하다 여기며 한 명 두 명 작을 이루어 막사를 벗어나고 있었다.

그 속에는 곤잘레스 남작 역시 자리하고 있었다. 자리를 벗어나는 곤잘레스 남작의 옆으로 몇몇의 귀족이 다가오고 있었다. 그러한 귀족들의 얼굴은 그리 밝은 표정이 아니었다.

아니, 지금 상황에 맞지 않게 매우 냉철하고 딱딱하다 할 수 있었다. 막사를 벗어나 진영 중에 약간은 한적한 곳을 찾아든 귀족들은 근심 어린 얼굴로 입을 열었다.

"백작께서 야망을 버리신 듯하오."

에들렌의 월킨스 준 남작이 탄식하듯 말을 했다. 그의 말에 곤잘레스 남작을 중심으로 있던 이들 모두가 마치 짜맞춘 듯 고개를 끄덕였다.

"우리의 꿈이 무너지고 있소."

탄식했다. 자신들의 꿈이 무너지고 있다고 말이다.

"꼭 그렇게 생각할 필요는 없지 않겠소. 패트리아스 백작 역시 주군과 비견하여 떨어지지 않는 능력을 가지고 있소. 아니, 어떻게 보면 오히려 전통과 명예로움은 그가 더 나을 수 있지 않겠소."

스텔웨건의 하퍼 남작이 이번에는 조금 긍정적인 말을 했다.

"대체 무슨 말을 하는 것이오. 그는 이미 과거의 존재가 아니오? 그리고 작금에 이르러 그의 행태를 보시오. 귀족으로서 사사로움에 갇혀 귀족을 명예로움을 더럽히고 있지 않소이까."

하퍼 남작의 말에 타파스의 보이트 준 남작이 도저히 인정할 수 없다는 듯이 말을 하고 있었다. 그는 평민 출신이 아닌 원래 자작의 가문에서 15년 전 멸문당한 전형적인 귀족 출신이었다.

평민으로 떨어졌다 다시 준 남작의 작위를 획득한 불굴의 의지를 지닌 자였다. 허나, 그는 이미 자신이 평민이었을 적 감당했던 경험을 잊어먹은 지 오래였다.

그는 뛰어난 머리를 가지고 있었으나 오로지 자신의 가문을 다시 세우기 위해 노력할 뿐이었다. 지극히 사사로웠으나, 그는 스스로 자신의 행동을 합리화하고 있었다.

그러한 관점에서 패트리아스 백작은 이미 귀족으로서 자존감을 잃고 평민과 다르지 않은 행동을 하고 있었다. 도저히 용납할 수 없는 변화인 것이었다.

어찌 귀족으로서 상인을 우대하며 평민과 같은 식사를 그들과 함께하고 되먹지 못한 평넘을 기사로 들인다는 말인가?

모든 사람은 날 적부터 그 맡은 바 임무와 역할이 정해져 있었다. 귀족으로 태어났으면 귀족으로서의 역할이 있고, 평민으로 태어났으면 평민으로서, 농노로 태어났으면 농노로서 각자의 역할이 있었다. 그 맡은 바 역할을 뛰어 넘을 수는 없는 것이다.

이것이 바로 타파스의 보이트 준 남작이 가진 생각이었다. 비록 그만이 가지고 있는 것이 아니라 여기 참석한 대부분의 귀족들과 기사들이 그러한 생각을 가지고 있었다.

물론, 평민 출신인 곤잘레스 남작의 경우는 그런 강경한 보이트 준 남작의 주장에 살짝 눈살을 찌푸리기는 했으나 탓하지는 않았다.

그는 뛰어난 머리로 남작까지 올랐다. 조금만 더 간다면 자신은 자작이 될 수 있었고 백작이 될 수 있었으며, 종래에는 일인지상 만인지하의 위치에 오를 수도 있었다. 헌데, 어느 순간 그 모든 것이 하나씩 떨어져 나가고 있었다.

뱀파이어건 라이칸 슬로프건 상관없었다. 인간이 노예가 된들 무슨 상관이란 말인가? 어차피 인간들 역시 노예, 평민, 기사, 귀족, 왕족 하는 식으로 층을 구분하지 않는가? 오히려 노예가 된 인간들을 관리할 위치에 있는 것이 더 낫지 아니한 가 말이다.

그렇게 혼자만의 생각에 잠겨 있는 동안 귀족들과 기사들은 패트리아스 백작을 지지하는 쪽과 혹은 지금의 상황을 개탄하는 쪽으로 나뉘어 갑론을박을 하고 있었다.

"쯧."

그러한 귀족들과 기사들의 행태에 가볍게 혀를 차는 곤잘레스 남작이었다. 이렇게 탁상공론을 한다고 해서 결과가 도출되는 것은 아니었다. 감정적인 대응보다는 냉철한 대응이 필요했다.

또한 말뿐인 것이 아닌 직접 행동으로 옮기는 것이 중요했다. 행동으로 옮기지 않으면 결국 현실과 타협하고 인정하는 꼴이 되기 때문이었다.

"선을 대보도록 하지요."

곤잘레스 남작의 말에 귀족들은 일순 아무런 말도 하지 않고 그를 바라보았다.

"가능하겠소?"

보이트 준 남작이었다.

"어찌… 지금 배신을 하겠다는 것이오?"

하퍼 남작의 말이었다. 그에 곤잘레스 남작의 고개가 살짝 끄덕여졌다.

촤하아악!

그 즉시 하퍼 남작의 목에서 피분수가 일어나며 몸과 분리되고 있었다. 언제 들어왔던가? 곤잘레스 남작의 주변을 그림자처럼 지키고 있던 기사가 가볍게 검을 털어내고 있었다.

"따르지 않으려면 지금 여기서 말을 하시오."

귀족들의 입이 다물어졌다. 몇몇은 아주 시원하다는 표정을, 몇몇은 꼭 그렇게까지 할 필요가 있었느냐는 듯한 표정을, 몇몇은 지금의 상황에 당황한 듯한 그런 표정을 지어 보였다.

"쯧. 혀를 함부로 놀린 죄이니… 잘하셨소이다. 저런 자들은 우리의 결의에 금이 가게 함이니 당연히 제거되어야 할 것이오."

"허나, 너무 과하지 않소이까? 같이해 온 시간이 얼마인데. 그리도 단칼에."

알도 남작이 마뜩치 않다는 듯이 입을 열었다. 그에 곤잘레스 남작이 차갑게 웃었다.

"그를 설득할 자신이 있었소?"

"허나, 그는 상식을 가진 귀족이오. 그리고 우리의 모임은 결코 강제한 모임이 아니지 않소. 헌데, 목을 벤다는 것은 과한 처사가 아닌가 하오."

"해서 본작의 잘못이다, 이 말인 것이오?"

냉정해지는 곤잘레스 남작의 말에 무언가 이상하게 돌아가고 있다는 것을 깨달은 귀족은 잠시 머뭇거리다 말을 했다.

"험, 험. 꼭 그런 것은 아니고 말이오. 내 말은 굳이 그렇게까지 했어야 하는……."

촤하악!

또다시 검이 번뜩였다. 그에 알도 남작의 목이 몸통과 분리되었다. 순간 알도 남작의 옆에 있던 귀족의 얼굴에 검붉은 핏물이 튀었다. 그에 귀족은 전신을 부르르 떨었다.

"또 있소?"

"……."

침묵했다. 그러한 그들을 바라보며 곤잘레스 남작이 하얗게 웃었다.

"이미 한배를 탄 입장 아니겠소? 여기서 서로의 의견이 갈린다면 결국 배는 침몰하고 말 것이오. 풍랑 중에는 강력한 선장이 있어 이끌어야만 그 풍랑을 이겨낼 수 있는 법이오."

"옳소."

러스킨의 제너리 남작이었다. 곤잘레스 남작을 믿고 따르는 이는 당연하다는 표정으로 고개를 주억거렸고, 몇몇은 몸을 가늘게 떨며 지금의 상황에 대해 어쩔 수 없다는 표정을 지어 보이며 수긍하고 있었다.

"지금 우리가 탄 배는 풍랑을 맞아 침몰하기 직전이오. 애초 드라기 백작을 주군으로 선택한 것은 우리의 야망에 가장 부합한 인물이었기 때문이오."

확실히 그것은 맞았다. 이들은 자신들이 도달하고자 하는 목적에 의하여 드라기 백작을 주군으로 택했다. 그런데 그 목적을 달성하기도 전에 야망이 무너져 내리고 있으니 분명 절체절명의 시기라 할 수 있었다.

"이럴 때일수록 한마음으로 난관을 극복해야 할 것이오. 어차피 객관적인 판단으로 패트리아스 백작이 이번 전투에서 승리하기는 어렵소."

"허나, 만만치 않은 전력이오. 마스터와 현자는 감당할 수 없을 전력임에는 분명하오."

곤잘레스 남작의 말에 또 다른 귀족이 근심 어린 표정으로 의견을 제시했다. 분명 그 귀족의 말은 맞는 말이었다.

"물론 위크 남작의 말이 틀린 것은 아니오. 허나, 라이칸이나 혹은 뱀파이어에 대해 생각해 보시오. 과거의 문헌을 빌려 보자면 기사와 비견하여 일반 라이칸 열이면 마스터와 비견할 수 있으며, 진혈의 뱀파이어면 8서클의 현자와 결코 다르지 않음이오."

그렇게 말을 한 후 잠시 뜸을 들이는 곤잘레스 남작이었다. 그는 자신의 앞에 놓인 물을 한 모금 삼킨 후 다시 입을 열었다.

"또한 그들은 마법사이면서도 육체적으로 뛰어나 인간으로 치면 전설의 마검사와도 같다 할 수 있소. 그렇게 판단하면 결국 승산은 패트리아스 백작이 아닌 귀족군에게 있소."

확실히 그러했다. 게다가 표면적이기는 하나 패트리아스 백작을 지원하던 국왕마저 등을 돌리고 패트리아스 백작을 견제하고 있었다. 그것은 동부 방면군의 병력이 제2군을 형성하고 있다는 것만으로도 충분히 짐작하고도 남음이 있었다.

그렇다는 것은 왕국 전체와 싸워야 한다는 것을 의미했다. '과연 그것이 가능할까?' 라고 의문을 제시하면 당연히 '불가능하다.' 라는 답을 내놓을 수밖에 없었다.

한 왕국의 공작이라 할지라도 국왕과는 싸워 이길 수는 없었다. 기본적으로 명분이 없었기 때문이었다. 아주 크나큰 실정을 하지 않는 한 말이다.

그러한 상황에서 패트리아스 백작 연합군이 승리하기란 오우거가 바늘구멍을 통과하는 것보다 어려운 일이라 할 것이다.

"해서 줄을 갈아타겠다는 것이오?"

한 명의 귀족이 입을 열었다. 지금껏 단 한 번도 입을 열지 않고 상황을 지켜보던 귀족이었다. 이 모임을 유지시켜 온 이가 대외적으로 곤잘레스 남작이라면 그와 대립각을 세우고 있는 벡스턴 남작이었다.

"그렇소."

"흠. 알겠소. 아까 선을 대어보겠다고 했는데 가능하오?"

"가능하지 않으면 입에 담지 않았을 것이오."

"허면 전적으로 동의하오. 추후 우리가 해야 할 일을 알려주시오. 이렇게 오랫동안 자리를 비우는 것은 결코 우리에게 좋은 일은 아니니 말이오."

"알겠소."

"그럼."

벡스턴 남작이 일어섰다. 그를 따라 몇몇의 귀족이 일어섰다. 엉거주춤 하던 몇몇의 귀족 역시 이내 마음을 정했는지 자리를 털고 일어나 장소를 벗어나고 있었다.

그들이 나가는 모습을 그저 담담하게 지켜본 곤잘레스 남작이었다. 그러한 그의 등 뒤로 검은 그림자가 소리도 없이 나타나 있었다.

"왔는가?"

"……."

대답이 없는 검은 그림자. 허나, 곤잘레스 남작은 별 문제가 안 된다는 듯이 여전히 자신의 할 말만 했다.

"시간을 잡아보도록 하게."

"……."

여전히 말이 없었다. 허나, 이내 검은 그림자는 정말 그림자라도 되는 양 그 자리에서 서서히 흐릿해지며 사라지고 있었다. 그렇게 검은 그림자가 사라졌음에도 한참 동안 자신의 생각에 집중하던 곤잘레스 남작이었다.

"끄응!"

그러다 앓는 소리를 내며 자리를 털고 일어섰다.

"하아~"

그는 뒷짐을 지며 시퍼런 하늘을 바라보고 긴 한숨을 내쉬었다. 하늘을 바라보는 얼굴은 근심스러운 와중에도 평온해 보였다. 마치 모든 것이 자신이 생각한 대로 흘러간다는 듯이 말이다.

*　　　*　　　*

이곳은 람페두사의 코서 백작의 지휘관 막사 안.

코서 백작은 창백하면서 날카로운 인상을 내보이며 무덤 덤하게 고풍스러운 지휘관 막사의 의자에 앉아 있었다. 제논을 만나기 위해 패트리아스 영지를 찾았던 코서 백작과는 상당히 다른 모습을 보이고 있었다.

그때와는 전혀 다르게 창백한 표정에 약간을 붉어진 눈동자. 그리고 후덕했던 모습은 어디가고 날렵한 턱선에 날씬하고 건장한 신체를 가진 냉혹한 귀족으로 돌아와 있었다.

"클클. 감히 누가 있어 본작의 처소에 숨어든 것인가?"

누구에게 말을 하는 것인가? 지금 그의 막사 안에는 그를 제외한 그 누구도 존재하지 않았다. 그런데 그는 허공에 날카로운 미소를 지어 보이며 입을 열었다.

"본작이 강제해야 하는가?"

그 말과 함께 코서 백작의 주변에 어둠보다 더 어두운 암흑의 기운이 사방으로 발산되기 시작했다. 그 암흑의 기운은 순식간에 막사 전체를 가득 채웠다.

"큭!"

그때 코서 백작의 그림자에서 답답한 신음성이 터져 나왔다. 허나, 코서 백작은 별일 아니라는 듯이 입을 열었다.

"본작을 암살하려 한 것은 아닌 것 같고… 무얼까?"

몹시도 흥미롭다는 듯이 혼잣말을 하는 코서 백작이었다.

그리고 코셔 백작이 발산한 암흑의 기운에 제압당한 검은 그림자는 숨을 헐떡이며 품속에서 무언가를 꺼내 앞에 떨궜다.

자신의 품속에서 물건을 꺼냄에도 불구하고 무척이나 힘든 모습을 보였다. 막사 전체를 감싸 돌던 암흑의 기운은 사라졌지만 검은 그림자의 주변에는 여전히 암흑의 기운이 맴돌고 있었던 탓이었다.

"흐음."

검은 그림자가 떨군 양피지를 향해 손을 뻗자 마치 실이라도 달린 듯이 그의 손에 빨려드는 양피지였다.

스르륵!

그리고는 허공에서 저절로 펼쳐지는 양피지. 양피지를 읽어 가면 읽어갈수록 점점 더 얼굴에 띤 미소가 짙어지는 코셔 백작이었다. 그리고 만족했는지 연신 고개를 끄덕였다.

"좋군. 전하라. 찾아간다고."

"큭!"

순간 검을 그림자를 감싸 돌던 암흑의 기운이 씻은 듯이 사라졌다. 그에 힘겹게 암흑의 기운에 대항하던 검은 그림자는 몸을 부르르 떨었다. 갑작스럽게 자신을 억제하던 기운이 사라지자 대항한 힘이 자리를 찾지 못해 폭주하는 모양이었다.

허나, 이내 코셔 백작의 그림자 속으로 사라지는 검은 그림자였다. 그러한 검은 그림자를 물끄러미 바라보던 코셔 백작은 아직도 허공에 둥둥 떠 있는 양피지를 바라보며 다시 읽어 내렸다.

"흠. 그들의 세력이 완벽하지 않다는 말이로군. 곤잘레스 남작이라면 드라기 백작의 수족으로 알려져 있는데 이런 면이 있을 줄은 몰랐군. 흠. 괜찮아. 아니 아주 좋은 현상이야. 그리고… 무척이나 상황이 재미있게 돌아가고 있군."

날카로운 송곳니를 드러내며 웃는 코서 백작이었다. 그는 지금의 상황이 썩 마음에 들었다. 휴식을 취하기 위해 전투를 하루 쉬었건만 의외의 소득을 얻은 것이었다.

"그리고… 패트리아스 백작이라. 그가 우리의 존재를 안단 말이지. 게다가 더글라스 후작이 완전히 각성을 한 엘더 오크가 되었다니. 의외이기는 하나 이 정도면 상당한 소득이로군."

조금은 긴 듯 날카롭고 뾰족하게 다듬어진 손톱으로 자신의 볼을 살짝 긁어내는 코서 백작이었다. 곤잘레스 남작이 양피지에 적어 보낸 것은 상당히 많은 내용을 담고 있었으며, 그만큼 충격적이었다.

"있는가?"

그에 코서 백작의 맞은편에서 무언가 솟아올랐다. 고풍스러운 복장을 한 이. 창백하기 그지없고, 붉은 눈동자와 날카로운 손톱을 가졌으며, 허공에 두둥실 떠 있었다.

그가 나타났음에도 별다른 반응을 보이지 않은 코서 백작은 양피지를 가리켰다. 허공에 떠 있던 양피지는 다시 둘둘 말렸고, 허공을 격하여 맞은편으로 날아갔다.

턱!

솟아오른 자는 날아오른 양피지를 신경질적으로 잡아챘다. 그런 모습을 재미있다는 듯이 바라보던 코서 백작이 입을 열었다.

"후작 각하께 전하게. 그리고 답을 얻어 오게."

"……."

스스스슷!

말은 없었다. 소리 없이 나타났을 때와 같이 소리 없이 사라지는 자였다. 그를 바라보며 탁자를 손톱으로 내려치는 코서 백작이었다.

톡! 토독! 톡! 톡!

일정한 리듬을 반복하고 있었다. 마치 무언가 깊이 생각하는 듯한 표정이었다. 그리고 나직한 한숨을 내쉬며 독백을 내뱉었다.

"후으음. 제논 패트리아스으… 제논 패트리아스. 나는 아직 잊지 않고 있다. 네가 나에게 보여주었던 그 오만함을 말이다."

코서 백작은 제논의 이름을 거듭 되뇌었다. 사실 그는 뱀파이어가 아니었다. 허나, 탈주한 노예들을 돌려받기 위해 패트리아스 백작 영지를 방문한 뒤 지극한 자격지심에 빠져 들었다.

그것은 같은 백작이면서도 패트리아스 백작이 자신들을 대하는 그 오만함 때문이었다. 마치 평민을 대하듯 하는 패트리아스 백작. 귀족이라는 의식은 전혀 가지고 있지 않은 자.

그를 벌하고 싶었으나 힘이 없었다. 그가 만나본 패트리아스 백작은 이제 갓 귀족의 위에 오른 자라고는 볼 수 없는 노련한 자였다. 사실 패트리아스 백작 입장에서는 별로 달가운 자들이 아니었기에 그리 대했으나 다른 두 귀족과는 다르게 반응하고 인식한 코셔 백작이었다.

그러한 코셔 백작이 뱀파이어가 되어 다시 이곳 전장에 들어섰다. 그것도 3만 4천에 이르는 대군을 이끄는 지휘관으로 말이다. 물론, 그가 이끄는 병력은 모두 인간의 병력이었다.

허나, 모두 인간으로 이루어진 병력은 아니었다. 지휘부 역시 인간 귀족들과 뱀파이어 귀족이 섞여 있었으며, 뱀파이어들은 모두 알고 있으나 어리석고 권력에 취한 인간 귀족들은 아주 작은 충동질에 넘어가고 있었다.

'어리석고 또 어리석도다.'

코셔 백작은 그리 생각하였다. 자신도 인간이었건만 인간을 벗어나 더 강력하고 더 우월한 뱀파이어의 위치에서 바라보니, 인간은 그야말로 탐욕에 절어 제 죽을 줄 모르고 덤벼드는 어리석기 그지없는 자들이었다.

코셔 백작은 자리에 앉아 자신의 손바닥을 들어 보았다. 인간의 손과 다르지 않았다. 조금 창백하고 과거 인간일 적보다 날씬해졌으며, 약간 위협적인 손톱이 자라나 있다는 것을 제외하고는 말이다.

'잘한 선택이었다.'

그는 스스로 그리 말하고 있었다. 뱀파이어가 되기를 잘했다 생각하고 있었다. 그만이 뱀파이어가 된 것이 아니라 직계가족 모두가 뱀파이어가 되었으니 외롭지도 않았다.

더 강한 힘을 얻었고, 더 강한 육체와 더 확고한 지위를 얻었다. 어차피 대륙은 인간이 아닌 뱀파이어가 지배하게 될 것이다. 조금 더 빨리 자리를 확보했으니 차후 뱀파이어가 되는 이들보다 더 좋은 자리를 선점하는 것과 다르지 않았다.

"클클, 기대되는군."

활짝 펼쳤던 손바닥을 말아 쥐며 코셔 백작의 입에서는 기괴한 웃음이 튀어나왔다. 그의 눈은 차갑게 가라앉아 있었다. 마치 폭풍전야처럼 말이다. 그렇게 영지전은 새로운 국면을 맞이하고 있었다.

*　　　*　　　*

"패트리아스 백작이 우리의 존재를 안다는 것인가?"

"……."

묻는 자와 대답이 없는 자. 묻는 자는 자신이 읽었던 양피지를 성의 없이 집어 던졌다. 그리고 앞에 창백한 표정으로 서 있는 자의 얼굴을 바라보았다.

까딱! 까딱!

묻는 자가 손가락을 까딱였다. 상당히 치욕스러운 행동이었으나 그저 어둠인 양 혹은 벙어리인 양 아무런 말도 없이 서 있던 자가 어깨의 흔들림조차 없이 묻는 자의 옆으로 다가왔다.

묻는 자.

그는 오브레임 후작이었다.

그리고 대답이 없는 자.

그는 코셔 백작의 전령이었다.

전령이 앞으로 다가오자 오브레임 후작은 자리에서 일어났다. 그리고 전령의 눈을 들여다보며 웃음 지었다.

"피의 전승이란 이럴 때 상당히 좋지."

"……."

전령의 얼굴이 핼쑥해졌다. 지금 오브레임 후작의 말이 무엇을 의미하는지 아는 까닭이었다. 그러나 말을 할 수 없었다. 전령의 입이 벌어졌다. 그의 벌어진 입에는 혀가 없었다.

그러했다. 비밀의 엄수를 위해 전령의 혀를 잘라낸 것이었다. 전령의 눈이 커졌다. 그의 동공은 어떤 절실함을 내포하고 있었다. 하지만 오브레임 후작은 오히려 그러한 전령의 모습을 즐기는 듯 보였다.

"으어⋯⋯."

콰직!

따악!

전령의 입이 벌어졌다. 어느새 전령의 목은 오브레임 후작의 머리로 가려져 있었다. 오브레임 후작은 전령을 사정없이 물어뜯고 있었다. 길고 뾰족하며 날카로운 이빨이 목을 꿰뚫고 있었다.

전령은 진저리를 치고 있었다. 벗어나려는 듯 혹은 애원하는 듯 말이다. 그러다 점점 그러한 진저리가 약해지기 시작했고, 종내에는 가늘게 떨리더니 뻣뻣하게 굳어져 갔다.

그리고 전령의 신형이 완벽하게 굳어졌을 때야 오브레임 후작은 목에 박아 넣었던 자신의 날카로운 송곳니를 빼 들고 고개를 쳐들었다.

"크하아!"

그의 입에서 무언가 답답한 것을 토해내는 듯한 소리가 흘러나왔다. 그의 입 주변은 진득한 핏물로 낭자하게 젖어 있었다. 뻣뻣하게 굳은 전령의 목에는 두 개의 날카로운 구멍이 뚫려 있었고, 그곳 주변에 약간의 피딱지만이 보였다.

스르르륵! 쿠웅!

잠시 뻣뻣하게 굳어 있던 전령이 그대로 뒤로 넘어가고 있었다. 뒤로 넘어간 전령의 얼굴은 창백하다 못해 파리하기까지 했다. 붉은 눈동자가 아닌 하얗게 변해 버린 눈동자가 이미 죽었음을 암시하고 있었다.

오브레임 후작은 그러한 전령을 쳐다보지도 않고, 책상 위에 놓여져 있던 고급 양모 천을 들어 입가를 가볍게 닦아 내었다. 그의 얼굴은 지극히 평온하고 만족스런 표정을 띠고 있었다.

스스슷!

그러한 그의 등 뒤로 무언가가 나타났다.

화아악!

"큭!"

순간 오브레임 후작의 신형은 빛보다 빠른 속도로 돌아섰고, 그의 손은 등 뒤에서 미세한 기척조차 내지 않고 모습을 드러내던 이의 목덜미를 잡아채고 있었다.

오브레임 후작은 팔을 들어 올렸다. 그의 손아귀에 목덜미를 잡힌 이는 꿈쩍도 하지 못했다. 다만, 답답한 얼굴과 함께 자신의 목덜미를 잡아챈 오브레임 후작의 손을 두 손으로 잡을 뿐이었다.

"분명 말했을 것이다. 등 뒤에서 나타나지 말라고 말이다. 다음은 없다. 알겠나?"

끄으으덕!

겨우 고개를 끄덕이는 사내였다. 그에 오브레임 후작은 비릿한 웃음을 짓고 마치 절대 만지지 말았어야 할 것을 만졌다는 듯이 손아귀에 잡힌 사내를 집어 던졌다.

휘익! 쿠당탕탕!

"치워라!"

오브레임 후작은 돌아섰다. 그에 자신의 목덜미를 한두 번 쓰다듬던 사내는 자신의 모든 피를 빨려 죽은 전령을 겁화의 검푸른 불꽃으로 순식간에 태워 버렸다.

"홍! 끝냈으면 내 눈 앞에서 사라져라!"

그러한 사내의 행동을 보고 마치 비웃듯 콧김을 내뿜는 오브레임 후작이었다. 무언가 잔뜩 골이 난 어린아이와 같은 행동이었다. 모든 것을 적대적으로 대하는 그러한 모습에도 사내는 아무런 표정을 짓지 않았다.

마치 이런 것은 아무것도 아니라는 듯이, 혹은 너무 자주 있어서 어떤 감정도 가지지 않을 정도로 익숙하다는 듯이 말이다.

오브레임 후작은 그것이 더 짜증났다. 자신의 심복이나 자신의 심복이 아닌 자. 자신을 감시하기 위해 거짓된 충성을 보내는 자. 철저하게 자신의 본 주인의 명령에 의해 움직이는 자.

그리고 그런 절대적인 충성을 받는 이가 바로 자신의 아내라는 점에서 오브레임 후작은 미칠 것 같은 질투심을 느끼고 있었다.

허나, 실제적으로 자신의 앞에서 경멸 어린 조소를 감내하고 있는 자가 아니면 지금의 중대한 사실을 처리할 이가 없다는 것을 너무나도 잘 알고 있는 오브레임 후작이었다.

'허나, 나 또한 준비하고 있음을 너희는 모를 것이다.'

자신의 명을 충실하게 완수한 사내가 연기처럼 사라지자 그 사라진 곳을 바라보며 오브레임 후작은 혼자 생각했다. 그리고 득의하게 웃었다. 그는 주변을 다시 훑어보았다.

그의 전신에서 옅은 검청록의 빛이 새어 나오며 마치 히드라의 촉수처럼 사방으로 뻗어나갔다. 무언가를 수색하듯이 말이다. 그렇게 잠시의 시간이 흐른 뒤 그의 전신에서 흘러오던 검청록의 빛이 서서히 사그라졌다.

"보았는가?"

그리고 뜬금없이 허공에 묻는 오브레임 후작이었다.

"보았습니다."

아무도 없는 허공에서 오브레임 후작의 물음에 대한 답이 흘러나왔다.

"모습을 보이게."

"명이시라면."

창문을 바라보고 있는 그의 후면에 날카로운 인상의 중년인이 나타났다. 허나, 조금 전 등 뒤에서 나타난 이와는 전혀 다른 반응을 보이는 오브레임 후작이었다.

"어떻게 생각하나."

"위험할 수 있습니다."

"어떤 것이 말인가?"

"패트리아스 백작, 그 자체가 위험합니다. 또한 그를 향해 모여들고 있는 자들 역시 위험합니다. 어쩌면 감당할 수 없을지도 모릅니다."

"……."

지금까지와는 전혀 다른 사내의 말에 오브레임 후작은 잠시 동안 말이 없었다.

"왜 그렇게 생각하나?"

오브레임 후작의 물음에 그의 등을 뚫어지게 바라보는 사내였다.

"주군께서는 아직도 그저 소문일 뿐이라고 생각하십니까? 아직도 말하기 좋아하는, 혹은 우매한 평민들이나 노예들이 지어낸 말이라고 생각하십니까?"

"……."

사내의 물음에 오브레임 후작은 대답을 할 수 없었다. 솔직히 그의 뇌리에서는 강한 경종이 울려 퍼지고 있었다. 경계해야 한다고. 살려 둬서는 안 된다고. 더 이상 방치하지 말라고.

그런데 그러한 경고와 달리 절대 그럴 리 없다는 생각이 불쑥불쑥 튀어 오르고 있었다. 그러한 생각이 뇌리를 장악한 경종을 무시하게끔 하고 있었다.

"그는 아마 잊혀진 존재를 다루는 자일 것입니다. 밤의 일족에게 가장 두려움을 주는 그런 존재 말입니다."

"어떻게……."

오브레임 후작의 목소리는 가늘게 떨리고 있었다. 사내의 분석에 애써 침착함을 가장하고 있었으나 떨려오는 음성은 어쩔 수 없었다.

"허면, 주군께서는 과연 마스터나 그랜드 마스터가 대체 얼마나 강력한 존재라고 생각하십니까. 과거 어떤 문헌을 찾아도 패트리아스 백작이 보여준 그런 무력은 없었습니다."

"……그것을 믿는 것인가?"

"믿지 않을 이유가 있습니까? 지금까지 그의 활약을 직접 본 이들은 수없이 많습니다. 그러한 이들의 증언은 언제나 한결같았습니다. 헌데, 그것을 왜 부정하시는 것입니까? 그가… 두렵습니까?"

“……”

사내의 통렬한 말에 오브레임 후작은 주먹을 꽉 움켜쥐었다. 자신의 가슴속 깊은 곳에 존재하는 공포를 정확하게 파악했기 때문이다. 그의 말이 맞았다. 오브레임 후작은 패트리아스 백작을 두려워하고 있었다.

“나는… 그가 두렵네.”

오브레임 후작은 두 손으로 자신이 머리를 감쌌다. 그의 거대한 체구가 한순간 지극히도 작아 보였다.

“두렵다 하여 사실을 외면하지 마십시오. 두려움에 맞서 싸우는 자만이 승리를 거머쥘 수 있습니다. 그는 분명 강합니다. 허나, 그리 강한 자를 꼭 주군의 손을 통해 제거해야 할 이유는 없습니다.”

오브레임 후작의 신형이 느릿하게 돌려세워졌다. 그리고 사내를 직시했다.

“랜스 프레이저 자작에게 묻겠다. 무슨 말인가?”

오브레임 후작의 전신에서는 무시무시한 기세가 피어올랐다. 지금까지 귀족들은 그 무시무시한 기세를 접하면 오금이 저려 오브레임 후작을 제대로 쳐다보지도 못했다.

허나 프레이저 자작은 그 무시무시한 기세를 담담하게 받아내며 입을 열었다.

“이것은 기회입니다. 그를 그나마 정확하게 파악하고 있는 것은 저와 주군뿐입니다."

프레이저 자작의 말에 그를 뚫어지게 쳐다보는 오브레임 후작이었다. 약간의 시간이 지나자 무시무시한 얼굴과 시선으로 프레이저 자작을 쏘아보던 오브레임 후작의 얼굴이 서서히 풀리기 시작했다.

"크흐으. 크크. 크하하핫!"

그리고는 턱을 쳐들고 하늘을 바라보며 커다란 웃음을 흘려냈다. 지금껏 한 번도 보이지 않았던 오브레임 후작의 시원한 모습이라 할 것이었다.

"좋네. 어찌하면 되는가?"

"자존심을 한 번 접으시면 됩니다."

"그렇군. 그런 것은 아주 간단하지. 그거면 되겠나?"

프레이저 자작이 말을 하면 오브레임 후작은 즉각 알아들었다. 그것은 그가 결코 어리숙하지 않다는 것을 의미했다. 그러한 면에서 프레이저 자작과 오브레임 후작은 서로에게 진심으로 감탄하고 있었다.

'어쩌면 내가 오브레임 후작을 만난 것은 천재일우일지도.'

'너무 늦게 만났어. 내가 눈이 어두웠던 게야. 허나, 늦은 만큼 더 가능성이 있기도 하지. 나는 전력을 다할 터이니까. 까짓 자존심쯤은 백 번이고 천 번이고 접어줄 수 있다. 야망

을 위해서라면.'

이것이 둘의 속내였다. 그러한 면에서 둘은 진정한 주군과 가신이라 할 수 있을 것이다.

"겁쟁이가 되어야 하지 않겠습니까? 그래야만 그들의 눈 밖에 날 터이고, 그러면 조금 더 활동하기 자유로울 테니 말입니다."

"그도 그렇지. 무릎을 꿇어야 할까? 그래야 하겠지?"

"그러지 않으면 속지 않을 것입니다. 악마의 눈동자는 그들도 보았을 것이니 말입니다."

"크큭, 좋군. 그것이 방법이라면 그 방법을 따라야지."

오브레임 후작은 잔인하게 웃었다. 이제야 뭔가 보였다. 야망을 위해서 친구를 죽음으로 몰아넣었고, 친구의 연인을 빼앗았다. 더 이상 못할 것이 뭐란 말인가? 뭐든 가능했다.

"그녀에게 전하라. 겁쟁이가 된 오브레임 후작이 보잔다고."

"명을 따릅니다."

둘은 서로를 바라보며 새하얗게 웃었다.

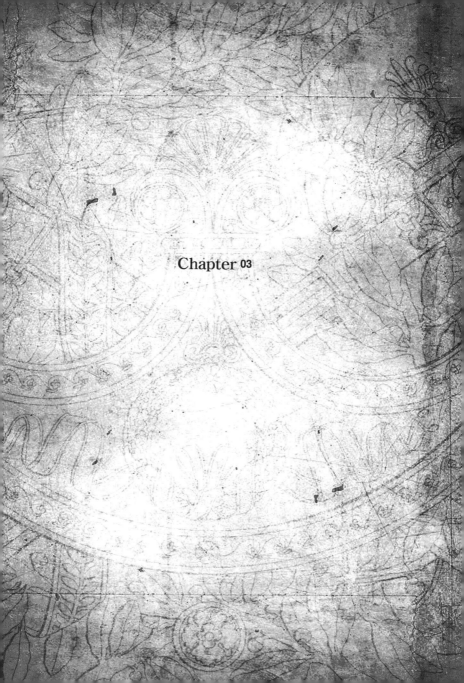

Chapter 03

"오늘도 역시 움직이지 않는군."

"……"

높은 망루에서 귀족군의 진영을 보던 이가 입을 열었다. 가장 멀리 볼 수 있는 가장 높은 망루. 그 망루 위에 두 명이 있었다. 한 명은 3미터의 거대한 체구를 하고 깊숙이 후드를 뒤집어쓴 자였고 나머지 한 명은 그러한 이의 가슴 어림에 도달해 있는 백발의 사내였다.

그렇다.

그 둘은 더글라스 후작과 제논이었다. 제논의 경고와 더글라스 후작의 사실관계 확인 이후, 연합군을 이끌고 있는 귀족과 기사의 행동은 눈에 띄게 달라져 있었다.

마치 어떤 사명을 띠고 있는 듯한, 결의에 찬 모습을 보이고 있었다. 지금 당장에라도 귀족군을 향해 돌격해 들어갈 것 같은 그런 위태로운 모습까지 보였으니 말이다.

사실을 안 귀족들이 귀족군에게 싸움을 걸어보았다. 움직이지 않았다. 싸움이란 상대가 있어야 가능하다. 혼자서는 아무런 싸움도 할 수 없다. 귀족군은 전투를 하러 왔음에도 불구하고 첫날 대대적인 전면전 이후 움직일 기미조차 보이지 않았다.

그렇게 대치 상황이 지속되었다. 벌써 일주일째 지속되고 있는 대치 상황은 상당한 부담으로 다가왔다. 상상을 초월할 정도로 들어가는 군량과 더불어, 대치 상황이 길어지면 길어질수록 기강이 흐트러지고 있었다.

또한 그들의 속셈을 알 수 없어서 더욱 답답했다. 대체 무슨 속셈인가? 도발도 없었으며 도발을 해도 넘어오지 않았다. 어제도 하루 종일 여러 명의 기사가 교대로 상대를 도발해 보았지만 모두 허사였다.

"답답하군. 도대체 무슨 꿍꿍이인지……."

"이제부터 알아보아야지요."

제논은 더글라스 후작의 푸념 섞인 말에 답을 내놓았다. 그에 후드 안에 감춰진 더글라스 후작의 눈이 반짝 빛났다. 분명 알아보겠다고 한 것이었다.

"직접 말인가?"

"그들의 눈을 속일 수 있는 존재가 몇이나 된다고 생각하십니까?"

"흐음. 그도 그렇군."

제논의 말인즉, 그가 직접 귀족군의 진중에 파고들겠다는 뜻이었다. 지금으로써는 그것이 정답이었다.

실제 연합군 중에서 가장 강력한 무력을 지녔다는 자신조차 쉽게 그들의 곁으로 접근할 수 없었다. 물론, 무력적인 면이야 어떻게 가능하겠지만 너무 눈에 띄는 자신이 외모 때문이라 할 수 있었다.

하지만 제논은 아니었다. 그저 조금 큰 기사 정도로 충분히 위장이 가능했다. 그의 가진 바 무력은 차치하고라도 위기 상황이나 혹은 불의의 상황에서 가장 잘 대처할 수 있는 인물이기도 했다.

하지만 그렇다고 문제가 아주 없는 것은 아니었다. 제논은 혼자의 몸이 아니라는 것이다. 동북부 귀족 연합의 수장이었고, 보통의 귀족도 아닌 대영주에 속하는 백작의 작위를 가진 자였다.

결코 가벼이 움직일 수 있는 존재가 아니라는 것이 가장 큰 문제였다.

"가만히 있을지 모르겠군."

"제가 가고자 하면 가는 겁니다. 그것이 희생을 줄일 수 있는 가장 좋은 방법입니다."

"물론 그렇겠지. 허나 자네는 이 연합군의 수장이지."

제논이 더글라스 후작을 빤히 쳐다보았다. 신장의 차이가 있어서인지 한참을 올려다보아야 할 판이었다. 그러한 제논을 더글라스 후작 역시 심유한 눈으로 직시하고 있었다.

"제가 어디서 맞고 다닐 것 같습니까?"

"후으음!"

대답할 수가 없었다. 장담하지만 전설의 드래곤이 온다 해도 자신의 가슴 어림께에 겨우 도달한 이 백발의 사내를 어찌할 수 없을 것이다.

"할 말 없군."

"그동안 연합군을 부탁드립니다."

"저들을 내가?"

끄덕.

놀랍다는 듯이 반문하는 더글라스 후작이었다. 이미 드라기 백작이 있지 않은가? 더글라스 후작이 보기에 드라기 백작은 가히 천재 중의 천재라 할 수 있었다.

그리고 그러한 자일수록 사람과 어울리지 못하지만 드라

기 백작은 아니었다. 적당히 어리숙하게 행동했고, 적당히 사람의 마음을 움직이며 포용할 줄 아는 그런 사람이었다.

"굳이 내가 필요 있을까 하네만."

"사람의 일이란 결코 머릿속에 생각한 대로만 흘러가지 않습니다."

"그야 그렇지만. 드라기 백작은 모든 가능성을 열어놓을 줄 아는 사람이네."

"그래서 더글라스 후작님이 필요합니다."

"그래서 내가 필요하다?"

"그렇습니다."

도무지 이해할 수 없다는 생각이 든 더글라스 후작이었다. 무력적인 면이라면 다르지만, 분명 자신이 앞에 있는 패트리아스 백작은 드라기 백작만큼 뛰어난 천재가 아니었다.

그런데 지금 그의 말이 가슴 깊숙이 파고드는 것은 대체 무슨 연유인지 모를 일이었다.

"설마 내분이라도 있을 것이라고 생각하는 겐가?"

"없을 것이라 장담할 수 없는 상황이라 생각합니다. 이미 각 지역으로 출정하면서 가신을 거느린 영주 다섯이 빠져 나갔으니 말입니다."

"후으음."

제논의 말에 더글라스 후작은 팔짱을 끼면서 긴 한숨을 내쉬었다. 이미 분열이 있었다는 것을 의미한다. 그리고 귀족이라는 존재가 가끔은 모래알과 같다는 것을 모를 리 없는 더글라스 후작이었다.

"그들에 대한 대책은 있나?"

"그들은 쉬이 움직이지 못할 것입니다. 노선을 바꾼다는 것이 손바닥 뒤집듯이 가볍게 되는 것이 아니라면 말입니다."

하긴 그랬다. 그들은 동북부 귀족 연합의 일원이었다. 아무리 오랫동안 알음알음 접촉을 했다 하더라도 하루 이틀 상간으로 모든 것을 돌려세울 수는 없는 법이다.

그 연유는 바로 영지민들과 그들이 거느리고 있는 가신들의 눈 때문이었다. 이는 곧, 그들이 움직일 수 있는 명분을 쌓을 시간이 필요하다는 것을 의미한다.

탈퇴하고 바로 귀족파에 합류한다는 것은 그들의 정서로 받아들이기 쉽지 않은 일이었다. 동북부 귀족 연합의 일원이 되기 전에는 드라기 백작 휘하에서 중도파의 길을 걸었다.

중도파를 걸은 연유는 마땅히 따를 만한 귀족이 없었기 때문이었고, 그 편이 오히려 더 이득을 가져다주기 때문이었다. 그런데 완전히 적대시하지는 않았지만 서로 다른 방향을 보던 이가 한순간에 같은 방향을 본다면 과연 그것을 인정할 영지민과 가신들이 몇이나 될 것인가?

동북부 귀족 연합을 탈퇴하였지만 당장은 귀족파로 돌아
설 수 없었다. 충분히 명분이, 아니, 충분하지는 않더라도 아
주 조금은 그럴듯한 명분이 만들어진 이후에야 귀족파로 돌
아설 수 있을 것이다.

그러자면 시간이 필요했다. 때문에 그들은 세 방면으로 나
눠져 영지전을 수행하고 있는 연합군의 등 뒤를 공격할 수 없
었다. 아무리 평민들이나 영지민들의 의도를 무시한다 하지
만 이런 경우에는 그럴 수 없다는 것을 잘 아는 귀족들이었
다.

"자네가 그렇다면 그런 것이겠지. 그러면 저기 저놈들이
문제라는 것인데……."

이해했다. 충분히 그럴 수 있었다. 남작이라 할지라도 귀
족은 귀족. 귀족이 아무리 간계가 뛰어나다 하지만 세상의 인
심을 다 저버릴 수는 없으니 말이다.

"허면, 내가 무엇을 해야 하는가?"

"아직 연합군은 완전하지 않습니다."

제논의 말에 더글라스 후작은 고개를 끄덕였다. 그 역시 며
칠 머물러 진중의 공기를 마셔본 바로 확실히 제논의 말이 맞
다는 것을 알 수 있었다. 같은 방향을 보고 있기는 하지만 절
대적인 신뢰는 쌓여 있지 않았다.

그것은 시간이 해결해 줄 문제지, 단기간에 보여준 능력으

로 해결할 것이 아니었다. 신뢰라는 것은 쉽게 얻을 수도 있지만 무던한 고난이 지난 후에 겨우 찾아오는 경우도 많으니 말이다.

"변수가 생길 수 있다는 말이고. 나는 그 변수를 제거하는 역할이고 말이네."

"정확합니다."

고개를 끄덕였다. 그와 함께 제논의 신형이 서서히 떠오르기 시작했다. 어느새 더글라스 후작의 눈과 같은 높이에 다다라 있었다.

"가려는가?"

"오래 끌어서 아군에게 좋을 것이 없습니다. 아직 아군은 완전하지 않고, 세력 역시 저들보다 약하니 말입니다."

"그렇군. 기우겠으나 조심하길 바라네."

더글라스 후작의 말에 살짝 입꼬리를 말아 올리던 제논의 신형이 돌려지며 허공으로 치솟아 올랐다. 쏜살같이 사라져 가는 그는 몇 초도 지나지 않아 이미 더글라스 후작의 시야에 보이지 않았다.

"허~ 무슨 날아가는 새도 아니고. 아니, 새조차 저리 움직이지는 못하겠군."

금세 자신의 시야에서 벗어나 버린 제논의 모습을 바라보며 감탄하듯 혼자 말하는 더글라스 후작이었다. 그러다 이내 고개를 저으며 정신을 털어내고 있었다.

"이제 내가 행동해야 할 시간인가? 후으읍!"

더글라스 후작은 높디높은 망루에서 그대로 뛰어내리고 있었다. 실로 거대한 체구가 마치 새의 깃털처럼 떨어져 내렸다. 그에 연합군의 진중에서 작은 소란이 일기도 했다.

그러한 더글라스 후작과 연합군을 뒤로하고 허공으로 사라진 제논은 어느새 귀족군 진영이 있는 곳으로부터 까마득히 높은 곳에 위치해 있었다. 그는 그곳에서 무심하게 아래를 내려다보고 있었다.

"정령 소환(Summon Elemental), 실프(Sylfe). 바람의 소리(Sound of Wind)!"

한 줄기 바람이 살랑이며 빠르게 하강했다. 제논은 그저 뒷짐을 진 채 허공에 남아 있을 뿐이었다. 실프가 떨어져 내린 곳. 그곳은 귀족군의 진중 중 가장 중심에 위치한, 족히 1백의 인원은 충분히 감당할 수 있을 정도의 거대한 막사 안이었다.

막사 안은 텅 비어 있었다. 몇몇의 창백한 안색의 귀족만이 존재했다.

벌건 대낮임에도 불구하고 그들이 존재하는 막사에는 채광을 위한 구멍이란 구멍은 다 막고 그것도 모자라 검은 천으로 완벽하게 외부의 빛을 차단하고 있었다.

"소식은 왔습니까?"

"이틀 내로 도착한다고 하는군."

누군가 물었고, 누군가가 입을 열어 답을 했다.

"기다리는 것도 지칩니다. 왜 우리가 이리 숨어 있어야 하는지 모르겠습니다."

누군가가 불만 어린 목소리로 나직하게 으르렁거렸다. 나머지 인원들 역시 같은 심정이었던지 고개를 끄덕였다.

사실 자신들은 이리 숨어 있을 이유가 없었다. 자신들은 위대한 존재다. 세상 그 누구보다 귀족적인 존재다. 그런데 그러한 자신들이 어찌 세상의 눈을 속이며 살아야만 한다는 것인가? 있을 수 없는 일이었다. 이러려고 영생을 택한 것이 아니었다.

지금 여기 모인 이들이 불만을 가진 이유는 비단 그 한 가지 이유 때문만은 아니었다. 그들에게는 지금 절실하게 필요한 것이 있었다.

"피! 피가 필요합니다."

"그렇습니다. 동물의 피로는 이 갈증을 결코 해갈하지 못할 것입니다. 지금 우리에게 필요한 것은 인간의 피입니다."

그러했다. 이들은 뱀파이어였다. 인간이었으나 2세대 뱀파이어에 의해 3세대 뱀파이어가 된 하급의 뱀파이어. 그러하

기에 이들은 피가 필요했다. 매일 일정 이상의 피를 마셔야만
했다.

그동안은 동물의 피를 마셨다. 충분히 견딜 수 있을 것이라
생각했으나 아니었다. 그들의 신체에서 원하는 것은 인간의
피였다. 몬스터의 피나 동물의 피는 신선하지도 않고 텁텁하
고 신 냄새가 났다.

허나, 인간의 피는 달랐다. 이들의 이전 생이 인간이었기
때문인지 인간의 피를 마시면 피를 마신 인간의 인생을 경험
할 수 있었으며, 그러함으로 뱀파이어로서 더욱 성숙해지고
있었다.

조금 더 많은 경험과 조금 더 많은 연륜이 쌓여가는 것이
다. 그리고 피로써 경험하는 모든 것은 이들의 향수를 자극하
고 있었다. 원래 인간이었던 자들. 그들은 인간이었을 적 삶
에 대한 중독을 가져오고 있었다.

그러하기에 이들은 인간의 피를 원했다. 벌써 일주일째 인
간의 피를 마시지 못했다. 갈증이 났다. 한여름 오랜 가뭄으
로 물이 말라 쩍쩍 갈라진 호수처럼 말이다.

3세대 뱀파이어들의 불만이 폭주하고 있었다. 그러한 그들
을 바라보는 코셔 백작이었다. 그의 입꼬리가 꿈틀거렸다. 아
주 미묘한 모습이었다. 웃음일까? 아니면 한심함일까? 혼돈
스러운 그런 미묘한 움직임이라 할 수 있었다.

"클!"

그러한 그의 입을 뚫고 짧은 한마디가 흘러나왔다. 아니, 말이 아니었다. 그러함에도 3세대 뱀파이어들은 고개를 쑥 집어넣으며 찔끔하는 모습을 보였다.

코셔 백작은 2세대 뱀파이어. 그가 그저 얼굴을 꿈틀거려도 3세대 뱀파이어는 그 앞에서는 고양이 앞에 쥐 신세가 될 뿐이었다. 돛대기 시장처럼 불만을 성토하던 귀족들의 눈을 흘깃거리며 코셔 백작을 바라보았다. 감히 그를 제대로 바라볼 용기가 나지 않는 듯했다.

"불만은 그만하면 되었고, 거느린 키메라들의 상태는 어떠한가?"

코셔 백작의 물음에 찔끔하며 흘깃거리던 귀족들의 얼굴에 다시 자신만만한 득의의 웃음이 지어졌다. 그러함에 입술에 감추어져 있던 그들의 날카로운 송곳니가 드러났다.

"충분히 피에 젖어 있습니다. 명을 내리신다면 언제든지 적진을 향해 달려 나갈 것입니다."

한 명의 귀족이 자신만만하게 답을 했다. 그 귀족에게 시선을 두는 코셔 백작이었다. 그에 귀족은 또다시 목을 움찔하더니 눈을 내리 깔았다. 코셔 백작의 입술이 비틀렸다.

"각성한 개체가 있나?"

"크흠. 큼. 어, 없습니다."

"허면 이만 회의를 파한다. 하루를 기다리도록. 그들이 도착하든 도착하지 않든 인간의 피 맛을 보여주도록 하지."

코셔 백작의 마지막 말에 귀족들의 눈동자가 일순 붉은색으로 희번덕거리더니 이내 원래의 눈동자로 돌아왔다. 그리고 분분히 일어나 막사를 나서기 시작했다.

코셔 백작은 그들이 모두 나가고 오직 자신만이 막사 안에 덩그러니 앉아 있다는 것을 알게 되었다. 하지만 그의 눈동자는 기이하게 일렁이고 있었다.

"누구냐."

나직하고 굵은 코셔 백작의 목소리가 혼자만 존재하는 막사 안을 울렸다. 그에 중앙 회의 탁자 끝에 자신과 마주보며 한 명의 사내가 서서히 모습을 드러내었다.

"오랜만이로군."

심혼을 울리는 나직한 울림을 가진 목소리. 코셔 백작은 도저히, 아니, 절대 잊을 수 없는 그 목소리였다.

"……패트리아스 백작!"

신음처럼 내뱉는 코셔 백작이었다. 제논은 생각조차 하지 않고 있는 일을 마음에 두고 그를 철천지원수처럼 대하는 코셔 백작이었다. 일순 그의 눈동자가 붉어지고, 날카로운 송곳니와 손톱이 자라났다.

"뱀파이어가 되었는가?"

"큭. 크크. 알고 있었나? 우리의 존재를?"

"아마 당신보다 먼저 알았을 게야."

"……."

자신보다 먼저 뱀파이어라는 존재를 알았다는 제논의 말에 할 말을 잃은 코셔 백작이었다. 왠지 모를 박탈감 혹은 질투와 같은 감정이 코셔 백작의 가슴에 소용돌이 치고 있었다.

비교되고 있었다. 그도 백작이고 자신도 백작이거늘 그는 이미 자신보다 한참 위에 서 있었다.

이제 그 간격을 좁혔다 생각했다. 아니, 자신이 더 우위에 섰다고 생각했다.

하지만 아니었다. 그는 이미 자신이 쳐다볼 수도 없는 그런 위치에 서 있었다. 이것은 분명 질투였다. 허나, 인정할 수 없었다. 인간이 아무리 뛰어나다 해도 밤의 일족보다 우위에 설수는 없는 법이었다.

"큭. 칭찬해 주고 싶군. 감히 홀로 이곳에 나타나다니."

"당신의 칭찬을 바라자고 온 것은 아니야."

도무지 대화가 이어지지 않았다. 하지만 왠지 모르게 코셔 백작은 지금 안달이 나 있었다. 마치 무언가에 의해 무슨 대화라도 해야 할 것 같은 그런 느낌이 들었다.

하지만 제논은 냉담했다. 그가 어떤 말을 해도 차갑게 잘라 버리니 도무지 대화가 연결되지 않고 있었다.

"크크. 그런가? 뭐, 상관없겠지. 어쨌든 어이해 패트리아스 백작이 본작을 방문했는지 묻고 싶군."

"왜 움직이지 않는가 해서 말이야."

"그래? 그러면 의문이 풀렸나?"

"풀렸지."

"크크. 도대체 어떻게 의문이 풀렸는지 모르겠군. 대화는 없었는데 말이야."

매우 흥미롭다는 듯이 말을 받는 코서 백작이었다. 실제로 궁금하기도 했다. 대화라고는 고작 키메라에 대해서 묻는 것뿐이었으니 말이다. 물론, 말미에 하루를 참으라는 말을 하기는 했지만.

"개를 때리니 주인이 나오더군."

"……."

순간 제논을 무섭게 쏘아보는 코서 백작이었다. 그의 비릿한 웃음은 이미 온데간데없고, 굳게 다문 입술과 잘게 경련을 일으키고 있는 눈가. 그리고 탁자 아래 꽉 움켜쥔 주먹뿐이었다.

"크큭. 크하하하!"

그러다 커다랗게 웃는 코서 백작이었다. 그런 그를 제논은 무심하게 바라보았다.

"재미있나?"

제논이 물었다. 그에 코서 백작은 웃음을 그쳤다. 그리고 어금니를 뿌드득 갈아댔다.

"죽고 싶은 게냐?"

"날 죽일 수 있을 것 같나?"

둘은 서로를 쏘아보았다. 아니, 코서 백작은 제논을 쏘아보았다. 허나, 제논은 시큰둥했다. 아무런 의미도 없다는 듯이 말이다. 그에 코서 백작은 등에 식은땀을 흘려야만 했다.

'크흐으음.'

코서 백작은 내심 침음성을 흘려야만 했다. 자신의 전력은 아닐지라도 70%의 힘을 쏟아 부은 암흑의 기세. 그 기세가 마치 대해에 빠진 것처럼 흔적도 없이 사라지고 있었기 때문이었다.

모든 마나에는 상성이 있게 마련이다. 그러한 면에서 보자면 패트리아스 백작은 결코 코서 백작의 기세를 이리도 담담하게 받아들일 수 없었다. 만약 지금과 같은 경우가 가능하다면 단 하나의 추론을 낼 수 있었다.

'적어도 나보다 세 배는 강하다.'

코서 백작은 그렇게 생각했다. 마치 물에 빠진 듯 아무런 영향도 끼치지 못한 자신의 암흑의 마나. 그것을 포용할 정도로 대단한 실력을 가져야만 가능한 것이었다.

코서 백작은 짐짓 침착한 척 입가에 잔잔한 미소를 짓고는 있었으나 등은 축축하게 젖어들고 있었다. 그러한 코셔 백작의 상태를 이미 알고 있기라도 하듯 제논은 보일 듯 말듯 미소를 머금고 있었다.

그것은 제논에게는 미소였으나 코셔 백작에게는 비웃음이었다. 또다시 가슴을 깊숙하게 파고드는 그 처절한 패배감에 코셔 백작은 입술을 잘게 깨물어야만 했다.

"하나만 묻지."

"대답해 줄 것 같나?"

"오브레임 후작이 오나?"

코셔 백작의 대답에는 아예 신경도 쓰지 않는다는 듯이 자신이 묻고자 하는 것을 묻는 제논이었다. 그에 코셔 백작의 눈동자가 커졌다.

별다른 말조차 하지 않았다. 그런데 제논은 모든 것을 관통하듯 물어오고 있었다. 놀랐다.

"……"

흔들리는 코셔 백작의 눈동자. 그런 코셔 백작을 바라보던 제논은 나직하게 한숨을 내쉬었다.

"안 오는군. 실망이로군. 친구의 가문을 멸문시키고, 친구의 연인을 빼앗아 갔으면서도 아직까지 몸을 웅크리고 있다니 말이야. 어쨌든 확인해 줘서 고맙군. 그럼 이틀 후에 보도록 하지."

"……."

코서 백작은 아무런 말도 할 수 없었다. 무언가 말을 해야
한다고 생각했으나 아무런 말도 생각나지 않았다. 지금 이 상
황조차 도저히 있을 수 없는 것이었기 때문이다.

그러한 코서 백작을 두고 제논은 등을 돌렸다. 자신을 죽일
수 있는 적을 두고 등을 보인 것이었다.

"너… 너……."

그에 코서 백작이 검병을 잡아갔다. 뱀파이어가 된 그에게
있어 손톱의 강도보다 못한 검이 무슨 소용이 있겠는가만은
그래도 그가 할 수 있는 최대한의 반항이었다.

"뽑으면 죽는다."

부르르.

제논의 목소리가 귓등을 때렸다. 그에 코서 백작의 전신이
떨려왔다. 너무나도 과도한 긴장 때문인지 그의 손은 축축하
게 젖어 검병을 흠뻑 적시고 있었다.

"아! 그리고 알리에게 전해줘. 찾아간다고. 숨지 말라고.
철저히 부숴주겠다고. 오브레임 후작 가문과 연관된 것은 풀
한 포기조차 남기지 않겠다고 말이야."

"무……."

물어보려 했다. 허나, 두 눈을 뻔히 뜨고 있음에도 불구하
고 제논이 어떻게 사라졌는지 알 수 없었다. 갑자기 한기가

들었다. 자신보다 세 배는 강하다는 말이 맞는지 의심할 상황
이었다.

"후우아~"

그리고 마침내 깊게 숨을 내뱉으며 코셔 백작은 자리에 털
썩 주저앉아 버렸다. 축 처진 모습이었다. 열둘에 이른 3세대
뱀파이어 앞에서 보여주었던 그 당당하고 오롯한 모습은 온
데간데없이 사라지고 있었다.

그러다 그가 고개를 들어 막사의 천정을 보았다. 마치 숨이
끊어질듯 가는 목소리가 그의 입에서 흘러나왔다.

"있… 는가?"

아무런 소리도 들려오지 않았다. 대신 그의 옆으로 떨어져
내리는 것이 있었다.

툭!

그에 코셔 백작의 눈동자가 슬쩍 움직여 떨어져 내린 무엇
을 바라보았다. 순간 그는 후다닥 자세를 바꿔 주변을 경계했
다.

막사의 바닥에 떨어진 것은 사람의 목이었다. 아니, 정확하
게 말해서 자신이 새로 은밀하게 임명한 전령의 목이었다. 자
신조차 알지 못하는 사이, 자신의 그림자 속에 숨어 있는 전
령이 죽은 것이었다. 주변을 경계했지만 아무것도 알아낼 수
없었다.

그에 한숨을 푹 내쉰 후 다시 의자에 주저앉았다. 그리고는 말없이 아주 편안한 모습을 하고 있는 전령의 목을 바라보았다. 그의 입가에는 쓸쓸함 혹은 당혹감, 그리고 패배감이 깃들어 있었다.

그때.

[아! 봤나? 내 선물이야. 그리고 알리에게 분명히 전해. 어릴 적 친구 제논 패트리아스가 가고 있다고 말이야. 그리고 분명히 말해두지만 이틀 뒤 최선을 다해야 할 거야. 그래도 살 수 있을지 모르지만.]

그의 귓등이 아니라 머리를 둔중하게 때리는 음성이 들려왔다.

'이런 제길! 완전 괴물이었군.'

코셔 백작의 얼굴이 일그러졌다. 인간 중 최상급 기사라 해도 감당할 수 없을 지금의 자신이었다. 말도 안 되는 사실이지만 그런 자신이 그토록 불쾌하게 생각하고 있는 자는 도저히 뛰어 넘을 수 없는 존재였다.

그것을 깨달았다. 그런데 인정하기 싫었다.

'놈! 전투는 혼자 하는 것이 아니다. 네놈이 아무리 나보다 서너 배 뛰어나다고 하나 한 손이 열 손을 감당하지는 못함이다.'

이것이 바로 코셔 백작의 생각이었다. 개인적인 무력을 보자면 자신은 절대 패트리아스 백작의 상대가 아님을 인정했다. 허나, 개인의 절대적인 강함이 전쟁 혹은 전투의 승패를 결정하는 것이 아님을 생각하고 있었다.

'반드시! 반드시 네놈의 그 오만한 콧대를 꺾어주마.'

코서 백작은 그렇게 다짐했다.

허나, 코서 백작은 몰랐다. 지금 이런 생각을 하고 있는 것조차 제논에게는 아무런 감흥을 일으킬 수 없다는 것을 말이다. 제논은 귀족군의 진영 위 까마득히 높은 곳에 서 있었다.

뒷짐을 진 채, 여유롭게 산책을 하듯이 말이다.

"사람이든 짐승이든 꼭 말로 해서는 못 알아듣는 것들이 있긴 해."

마치 코서 백작의 상황을 꿰뚫어보듯이 말을 하는 제논이었다.

"뭐, 어쩔 수 없지. 주인을 불러내려면 개를 패야 하는 법이니까. 그리고 코서 백작, 당신은 날 너무 몰라. 그것은 곧 죽음으로 연결될 것이야. 물론, 인간이 아닌 몬스터이기에 한결 홀가분하긴 하지만. 그래서 고맙기도 해."

독백을 하며 움직이는 제논이었다. 그의 발은 움직이지 않고 있었으나 미끄러지듯 허공을 스쳐 지나가고 있었다. 그의 독백은 바람결에 남아 오랫동안 그가 사라진 자리를 맴돌고 있었다.

그리고 정확히 이틀 후.

전투는 시작되었다. 그것도 오전부터 일찌감치 움직여 귀족들의 상식을 깨고 있었다. 점심과 저녁도 거른 채 귀족군과 연합군 양측은 목이 쉬도록 함성을 지르고 피를 흘리며 죽고 죽였다.

"돌겨억! 돌격하라!"

"물러서지 마라! 물러서지 마라!"

"으아아아! 사, 살려줘~"

"내 파알! 내 파알!"

"이 새끼야, 머리 숙여!"

전장은 아귀다툼이었다. 적이 누군지 아군이 누군지 알 수조차 없었다. 그저 본능적으로 죽고 죽였다. 피가 흘러 검을 잡은 손이 미끌거렸고, 대지는 흘러내린 피와 뇌수로 인해 질척거렸다.

피 냄새는 후각을 마비시켰고, 너무나 오랫동안 고함 소리에 노출되어 귀에서는 연신 벌이 날아다니는 소리만 들려오고 있었다. 검을 들고 창을 들고, 혹은 방패를 든 이들은 이미 눈이 벌게져 적아의 구분마저 모호해지고 있었다.

"적의 지휘부와 예비대가 움직임을 보이는군요."

드라기 백작이 전장에 시선을 둔 채 입을 열었다. 제논은 그 소리에 무덤덤하게 대꾸했다.

"사람은 사람의 전투를, 괴물은 괴물의 전투를."

그 말을 남기고 제논은 말을 몰았다. 달려 나가는 것도 아니었다. 마치 말과 함께 주변 풍광을 구경이나 하듯이 앞으로 나갔다. 더글라스 후작이 거대한 배틀 엑스를 어깨에 걸치고 있는 더글라스 후작과 스톡스 자작이 그의 뒤를 따랐다.

변신을 하지는 않았으나 이내 전장에서 풍겨오는 비릿한 혈향(血香)에, 붉다 못해 검게 물든 눈동자를 한 키메라 병사들 역시 움직였다.

말을 서서히 몰아 앞으로 나가던 제논이 말고삐를 잡아채며 조금은 빠르게 움직였다. 살짝 빨라진 속도. 더글라스 후작의 걸음 역시 빨라졌다. 그렇게 제논의 질주가 시작되었다.

달려 나갔다. 그의 앞을 가로막는 이는 아무도 없었다. 아니, 말을 몰아 어느새 도저히 따를 수 없을 만큼 빠른 속도를 내며 바람처럼 내달리는 제논의 앞을 가로막을 이는 아예 존재치 않았다.

제논은 질풍처럼 내달리는 말 위로 신형을 일으켜 세웠다. 그는 말 위에 서서 달리고 있었다. 말고삐조차 놓아버린 상태.

그리고 여유로운 모습으로 늘어뜨린 손바닥을 펼쳤다. 그에 말 옆구리에 메어져 있던 붉은 수실이 달린 장창이 마치 빨려들듯 제논의 손아귀에 쥐어졌다.

"내가 제논 패트리아스다! 필리프 코셔 백작은 나서라!"

전장에 제논의 포효가 울려 퍼졌다. 백마를 타고 백발을 휘날리며 붉은 수실이 달린 장창을 들어 외치는 제논은 그야말로 전설에서나 나오는 그런 전신의 모습이었다.

코셔 백작은 제논의 그 포효를 들었다. 전장을 무인지경으로 가로질러 다가오고 있는 제논이었다. 그에 이틀 전 자신에게 극한의 두려움을 주고 오브레임 후작에게 경고를 날렸던 그 모습이 겹쳐졌다.

허나, 그때와 지금은 달랐다. 이곳은 전장이었다. 홀로 감당할 수 없는 전장의 한가운데. 뜨거운 핏기와 사람의 정신을 쏙 빼놓을 투기가 사방에서 솟아오르고 있었다.

코셔 백작은 주먹을 불끈 쥐었다. 하지만 이내 쥐었던 주먹을 가볍게 풀어버리고 옆에 있는 이를 향해 고개를 숙였다. 190센티미터 정도의 키와 청록색의 머리카락.

그리고 그 머리카락과 닮은 깊은 눈동자와 핏기 없이 바짝 마른 얼굴. 허나, 전신에 딱 맞게 마련된 검은색의 레더 메일 위로 드러난 사내의 모습은 숨 막힐 정도의 근육질이었다.

"저자인가?"

"……그렇습니다."

청록색의 눈동자가 뱀처럼 차가운 눈초리로 코셔 백작을 흘깃 바라보았다. 순간 코셔 백작은 전신을 휘돌고 있는 피라는 피는 모두 바짝 얼어붙는 것 같았다.

그리고 그 차가운 눈동자 속에서 코셔 백작은 자신을 경멸하는 모습을 볼 수 있었다. 느낌이 아닌 확실한 것이었다.

허나, 말 한마디 벙긋할 수 없었다. 그의 눈은 쥐를 노리는 뱀의 눈동자였다. 자신이 한마디를 하면 그 한마디를 꼬투리 잡아 통째로 집어삼킬 것 같은 그런 포식자의 모습이었다.

"그와의 전투에… 누구도 관여치 말라."

"며, 명을 따릅니다."

청록색의 눈을 가진 사내는 허리를 깊숙이 숙이며 명령을 받아들였다. 코셔 백작은 그를 본체만체하며 애병으로 보이는 할버드를 어깨에 들쳐 메고 말을 몰아 앞으로 나아갔다. 코셔 백작은 아예 신경조차 쓸 대상이 아니라는 듯이 말이다.

그러한 사내의 태도에도 불구하고 코셔 백작은 전혀 불만을 가지지 않았다. 그럴 만한 존재이니까.

그는 오브레임 후작 가문에서 보내온 자였다. 다른 어떤 병력도 없이 오직 그 혼자만이 이곳에 왔다. 처음엔 화가 났던 코셔 백작이었다. 그러나 이내 생각을 바꿀 수밖에 없었다.

'왜 그랬을까?' 를 생각한 코셔 백작이었다. 천성적으로 담이 약하고 질투가 심한 그였지만 자신의 목숨을 가지고 어리석은 판단할 인물은 절대 아니었다. 그러하기에 발 빠르게 움직여 스스로 뱀파이어에게 목을 들이밀지 않았던가?

그리고 그 생각 끝에 얻은 결론은 하나였다.

'그는 그럴 만한 존재이다.'

그랬다. 그는 1세대 뱀파이어였다. 1세대면 오브레임 후작과 같은 서열의 존재. 게다가 작위나 직책은 없지만 오로지 홀로 수천의 병력을 감당할 수 있을 존재라면 전투에 특화된 가딘언일 가능성이 높았다.

청록색의 머리카락과 눈동자를 가진 자의 등을 굳은 신뢰로 바라보던 코서 백작은 이내 근엄해진 목소리로 외쳤다.

"전투 준비하라!"

"명을!"

"변절자를 제거한다."

"명을 받듭니다."

그들은 그들대로 할 일이 있었다. 열둘에 이르는 뱀파이어 귀족과 그들을 따르는 1천 2백의 키메라 병사는 한 명의 엘더 오크와 한 명의 변절한 뱀파이어, 그리고 이지를 제압당한 키메라 병사들을 막아야만 했다.

월등한 전력이라고는 하지만 그것은 누구도 장담할 수 없었다. 변수는 바로 엘더 오크로 각성한 실험체가 문제였다.

엘더 오크의 무력이 어느 정도인지 또는 지능이 어떠한지 전혀 아무런 정보가 없기 때문이었다.

하지만 코서 백작은 자신했다.

3세대 뱀파이어 열둘과 2세대 뱀파이어 한 명. 그리고 1천 2백에 이르는 키메라 병사들이라면 아무리 엘더 오크라 할지라도 결코 성치 못할 것이라고 말이다.

그들을 제거한 후 피의 축제를 벌이면 되는 것이었다. 그런 생각을 하는 코서 백작의 전신을 기이한 쾌감이 휘감아 돌았다. 그것은 그만의 생각이 아닌 듯, 그를 따르는 열둘의 뱀파이어 역시 진득한 혈소(血笑)를 머금고 있었다.

"진격하라!"

"진격하라~"

"우어어어~"

뱀파이어들이 말을 몰아 내달리기 시작했고, 그들을 따르는 1천 2백의 키메라 병사가 거친 숨소리와 함께 앞으로 내달렸다.

그들 앞에는 아무것도 없었다. 사전에 언질을 받은 병사들은 부랴부랴 자리를 비켜서 길을 틔웠다. 불행하게도 그들을 피하지 못한 이들은 열셋의 뱀파이어가 이동하는 말발굽 아래 피를 흘렸고, 뒤이어 닥치는 키메라 병사들에 의해 형체조차 구별할 수 없을 정도로 짓이겨졌다.

"여전히 미친 새끼들이구만."

미친 듯이 뛰어가며 뱀파이어들의 행태를 직시한 더글라스 후작이 한 말이었다. 그리고 자신의 거대한 배틀 엑스의 끝을 잡아들고 커다란 외침과 함께 거침없이 앞으로 집어 던졌다.

"우와아아악!"

거대한 배틀 엑스가 마치 어린아이가 던진 돌멩이처럼 둔중하면서도 신경 거슬리는 날카로운 소리를 내며 일직선으로 날아갔다. 실로 놀라운 힘이 아닐 수 없었다.

아무리 힘이 좋다 하여도, 족히 50킬로그램은 나가 보이는 거대한 배틀 엑스를 수평으로 던질 수 있다니 말이다.

'설마!'

코셔 백작은 멀리서도 확연하게 돋보이는 배틀 엑스를 마치 어린아이가 돌팔매하듯 가볍게 던져 버리는 더글라스 후작의 모습에 그렇게 생각했다.

하지만 그 설마는 곧 현실이 되었다. 더글라스 후작이 던진 거대한 배틀 엑스가 자신들의 전면에 도착할 때까지는 그야말로 순식간이었다.

"어억!"

다급한 소리와 함께 말 위에 있던 뱀파이어들의 신형이 검은 연기를 남기며 사라졌다. 거대한 배틀 엑스는 아무것도 없는 허공을 바람처럼 가르고 지나갔으며, 검은 연기는 배틀 엑스가 지나간 자리에서 모래가 흩어지듯 진저리쳤다.

"케헤엑!"

그리고 이어지는 비명 소리.

어느새 말 위로 복귀한 뱀파이어들이 얼굴에는 어이없다는 표정이 떠올라 있었다. 더글라스 후작이 던진 배틀 엑스가 무려 스물에 이르는 키메라 병사들을 두 쪽 내고 빙글빙글 돌아 마치 부메랑처럼 자신의 주인에게 돌아가고 있었기 때문이었다.

무척이나 비현실적인 상황에 그들은 달리는 와중에도 어처구니없다는 표정을 짓고 있었다. 그리고 그들이 내뱉은 말은 단 한마디였다.

"무식한 놈."

지금의 심정을 그대로 반영한 것이라 할 수 있었다.

"돌겨억! 돌격억하라!"

"죽여라! 죽여서 피를 마시고 뼈를 씹어라."

"크워어어!"

그와 함께 뱀파이어들이 키메라 병사들을 억제하고 있던 봉인을 해제하였다. 그에 키메라 병사들은 몬스터가 되어버렸다. 인간이라고 볼 수 없는 모습으로 변했으며, 뱀파이어들이 타고 달리는 말을 지나쳐 가장 선두에서 달려오고 있는 더글라스 후작을 향해 쇄도해 들었다.

그 모습을 본 더글라스 후작은 커다랗게 웃었다.

"크와하하! 좋구나! 큭!"

그렇게 말을 하면서 자신의 손바닥에 침을 탁 뱉더니 오른손에는 배틀 엑스를 쥐고 왼손에는 아무렇게나 나뒹굴고 있는 랜스를 하나 쥐었다. 인간이 쥔다면 참으로 무겁고 부담스러운 무기이겠으나 더글라스 후작이 쥐니 그저 장창 정도에 지나지 않은 랜스였다.

"간닷!"

그 말과 함께 폭발적인 힘으로 앞으로 튀어 나갔다.

콰콰카가곽!

굳건한 두 다리로 대지를 박차자 마치 너댓 마리의 말이 대지를 박찬 듯 거대한 울림이 진동했고, 곧이어 완벽하게 변신을 마치고 쇄도하던 키메라 병사들과 부딪혀 갔다.

콰차차차작! 콰카가각!

"와하하하핫!"

"케헤에엑!"

난잡한 소리와 함께 울려 퍼지는 커다란 웃음. 그리고 귀를 후벼 파는 비명소리. 뒤이어 무언가 하늘에 솟아올랐고, 마치 비처럼 떨어져 내리기 시작했다.

후두두둑!

육편이 되어버렸다. 단 한 번의 부딪힘에 열에 가까운 키메라 병사가 육편이 되어버린 것이었다. 뱀파이어들은 보고도 믿을 수 없었다. 엘더로 각성했을 때 분명 무언가 있을 것이라 생각했다.

허나, 키메라가 엘더로 각성해 봐야 거기서 거기라는 생각을 했다. 허나, 드러난 전력은 그것이 아니었다. 벌써 그의 손에 죽어나간 키메라 병사들의 무려 스물에 가까웠다.

그렇게 괴물 대 괴물의 전투가 시작될 즈음 제논은 청록색의 머리카락과 눈동자를 가진 창백한 얼굴을 한 뱀파이어를 맞이하고 있었다. 그들이 대치하고 있는 주변 20미터 이내에는 아무도 존재하지 않았다.

병사들은 이미 알고 있었다. 자신들의 상대가 아니며 멀리 떨어져야만 그나마 살아남을 수 있음을 말이다. 전장의 한가운데에서 둘은 상대를 바라보았다. 백발에 깊고 푸른 눈의 제논과 청록색의 머리카락에 청록색의 눈동자를 지닌 자.

"그대가 제논 패트리아스 백작인가?"

"누군가?"

답 없이 묻기만 하는 둘이었다. 그에 어깨를 으쓱해 보이며 자신이 잘못했다는 듯 미안한 표정을 짓더니 말문을 여는 청록색의 사내였다.

"가디언 소속 1세대 뱀파이어 레오나르도 가르시아라고

하네."

"그런가? 제논 패트리아스라고 하지."

"반갑군."

제논의 답에 꽤나 친숙하게 반갑다는 말까지 건네는 레오나르도 가르시아였다. 피가 튀고 뼈가 갈리는 전장의 한가운데에서 이루어지는 대화 치고는 무척이나 어울리지 않는 대화였다.

"지금껏 보았던 뱀파이어들과는 조금 다르군."

제논은 자신이 솔직한 심정을 말했다. 그에 인정한다는 듯이 고개를 끄덕였다. 그리고는 더글라스 후작과 격돌하고 있는 코서 백작을 비롯한 뱀파이어들을 슬쩍 바라보는 레오나르도 가르시아였다.

그의 눈동자가 찰나의 순간 번뜩였다. 그 번뜩임은 바로 경멸이었다. 허나, 그 경멸의 번뜩임 속에는 아쉬움 혹은 무언가 복잡한 심정이 함께 담겨져 있었다.

"사실 2세대부터는 제대로 된 뱀파이어라고 할 수 없지. 그저 세력을 넓히기 위해 무분별하게 찍어낸 존재다. 참으로 개탄할 일이지."

레오나르도 가르시아는 진정으로 마음에 안 든다는 듯이 말을 하고 있었다. 그의 안중에 있는 뱀파이어는 진혈과 1세대뿐이라 할 수 있었다. 그 이외에는 육체적 능력이 그나마 조금 뛰어나고 지능을 가진 몬스터일 뿐이었다.

"또한 지금과 같은 전쟁은 정말 싫더군. 인간도 이 세계를 이루는 한 종족이고 뱀파이어 또한 이 세계를 이루는 한 종족일 뿐일진대 누가 위에 서고 누가 아래에 존재한다는 말인가?"

"심히 공감이 가는 말이로군. 허나, 솔직히 믿기지는 않네. 이 전쟁은 그대가 속한 밤의 일족이 일으킨 것이니 말이야."

"인정하네."

어깨를 으쓱하며 솔직하게 인정해 버리는 레오나르도 가르시아였다.

"할 말 없게 만드는군."

친구처럼 대화를 하는 둘. 허나, 제논은 자신의 애병인 장창을 만지작거리고 있었고, 레오나르도 가르시아는 자신의 할버드를 만지작거렸다.

"레오라 불러도 되겠나?"

"제논이라 불러도 되겠나?"

둘은 동시에 상대에게 물었다. 두 명의 물음이 중복되어 부딪혔다. 그에 둘은 상대에게 어설픈 미소를 떠올릴 수 있었다. 하지만 곧 서로의 가슴에 자신의 무기를 겨누어야만 했다.

"우린 너무 늦게 만난 것 같군."

레오가 아쉽다는 듯이 입맛을 다시며 입을 열었다. 그에 제논 역시 조용히 고개를 끄덕이며 레오의 말에 동의하고 나섰다.

"첫 만남에 이토록 말이 통하는 친구는 정말 일생에 한 번 만나기도 어려울진대 서로를 죽여야만 하는 곳에서 만나게 되어 가슴 아프군."

제논은 아주 느릿하게 창을 들어 레오의 심장을 겨누었다. 레오 역시 안타까운 미소를 띠며 자신의 애병인 할버드의 창 끝을 대지에 두며 고개를 끄덕였다.

"천국? 아! 난 천국을 가지 못하겠군. 어쨌든 저승에서 만난다면 그때 술잔을 부딪힐 만한 친구를 만나 기뻤네."

"아마 나 역시 천국은 가지 못할 것이네."

제논의 말에 레오는 유쾌하게 웃었다.

"아하하하! 그럼 지옥에서 술잔을 부딪힐 수 있겠군."

왠지 모르게 그의 웃음이 슬프고 공허하게 들렸다. 아마도 그것은 제논의 지금 심정이 그러하기 때문일 것이다. 제논의 신형이 비스듬하게 돌려세워 졌다.

"오게!"

그에 레오의 신형이 움직였다.

Chapter 04

"지금이오."

전장에서 벗어난 곳.

그곳에는 여남은 자들이 전장을 지켜보고 있었다. 모든 병력은 전장에 투입되었고, 하루 종일 계속된 전투로 인해 지휘관이든 병사든 기사든 상관없이 모두 피곤하고 지쳐 있었다.

그것은 바로 집중력이 떨어졌다는 것을 의미했다. 집중력이 떨어지면 평소와 조금 다른 것이 있어도 그저 그러겠거니 하면서 지나간다. 평소의 예리함보다 귀찮음이 지배하기 때문이었다.

"준비는 어떻소."

"우리의 의견에 동조하는 기사들과 귀족들이 이미 대기하고 있소이다."

바로 옆에서 말을 한다 해도 잘 들리지 않는 전장임에도 불구하고 그들의 음성은 지극히 작은 소리였다. 마나를 다루는 이들이 귀에 마나를 담아 듣지 않는다면 도저히 알아들을 수 없을 정도의 그런 대화였다.

둘은 동시에 전장을 지켜보았다. 지휘부 역시 전장에 온통 신경을 집중하고 있었다. 이제는 총력전이었다. 이 한 번의 전투에 모든 것을 각오한 듯 몰아붙이고 있는 양측의 지휘관이었다.

멀찍이 드라기 백작이 이끄는 지휘부가 보였다. 드라기 백작은 자신의 생각을 아는지 모르는지 오로지 지금 벌어지고 있는 전투에 신경을 집중하고 있었다.

'미안하오. 허나, 야망이 없는 자는 나에게 필요가 없소. 그것은 이미 죽은 것과 다르지 않기 때문이오.'

곤잘레스 남작은 그렇게 생각했다. 남자로 태어나서, 그리고 귀족이 되어서 야망이 없다는 것은 곧 죽음과 같은 것이었다. 세상의 지탄을 받더라도 야망을 가져야만 살아가는 동물이 바로 자신이었다.

"실행하시오."

118 넘버세븐

기어코 곤잘레스 남작의 입이 떨어졌다. 그에 옆에서 거사를 재촉하던 러스킨의 제너리 남작이 흰 이를 드러내며 웃었다. 하루 종일 전투 상황을 지켜본 터라 까칠하게 돋아난 수염과 피곤에 절은 얼굴이었지만 그의 눈동자는 다시 생기가 돌고 있었다.

곤잘레스 남작의 말을 들은 제너리 남작은 빠르게 움직였다. 그가 움직인 곳은 대략 2천 가량의 병력이 존재하는 곳이었다. 지금 치열하게 일진일퇴를 거듭하고 있는 가운에 어떻게 2천에 이르는 병력을 따로 준비한 것인지 도저히 알 수 없었다.

허나 그들은 준비했다. 제너리 남작이 오자 벡스턴 남작은 자신의 말 위에 올라탔다. 그가 무슨 말을 할지 이미 알고 있다는 듯이 말이다. 이미 모든 것은 정해져 있으니 물어볼 필요조차 없었다.

그의 뒤를 따라 귀족들과 기사 그리고 병력이 이동하기 시작했다. 빠르지도 느리지도 않은 모습이었으나 말을 몰아 나아가는 그들의 모습은 그야말로 결의에 차 있었다.

"정지! 누구냐!"

그들이 지휘부로 다가갈 때 기사가 외쳤다. 허나, 이내 검을 내리고 길을 열었다. 그들은 드라기 백작이 운용하는 군사부의 귀족이었으니 아무런 의심조차 없었다.

아니, 오히려 그들을 반겼다. 지금은 고양이 손이라도 빌려야 할 판이었다. 새로운 병력을 대동하고 군사부의 귀족들이 나타났으니 전장의 상황을 어느 정도 아는 기사가 그들을 반기지 않을 이유가 없었다.

"어서 오십시오."

"반갑네. 들어가도 되겠는가?"

"당연하지요. 허나, 저들은…….."

"귀족들과 기사 몇몇만 들어갈 것이네."

"아, 그럼 되었습니다. 안으로 드시지요."

전혀 의심하지 않았다. 피곤했기 때문이고 아군의 작전을 입안한 군사부의 귀족들이었으니 말이다. 또한, 전투 중이기에 중무장을 한 그들을 아무런 의심도 하지 않고 지휘부로 들여보냈다.

"그럼 수고하게."

곤잘레스 남작은 그렇게 말을 하며 안으로 들어갔다. 지휘부를 경계하는 기사는 보지 못했으나 곤잘레스 남작은 안으로 들어가면서 남아 있는 벡스턴 남작에게 눈짓을 주었다.

순간 두 사람의 시선이 마주쳤으며, 아주 미약하게 고개를 끄덕였다. 그들의 은밀한 시선은 그 누구도 알 수 없었다. 곤잘레스 남작은 몇몇 귀족과 기사를 대동하고 한참 전장을 지휘하고 있는 지휘부로 이동했다.

"오! 곤잘레스 남작."

그가 들어서자마자 반겨주는 이가 있었다. 그와 함께 왕좌를 꿈꾸며 야망을 불태우던 드라기 백작이었다. 그런데 지금은 야망을 버리고 전장이 지휘관으로 남은 존재.

순간 곤잘레스 남작은 의혹이 깃든 눈길을 보냈다. 허나 그것은 드러날 때보다 더 빠르게 사라졌다. 그가 의혹을 지닌 것은 다름 아닌 어찌해서 야망을 버린 지금이 더욱더 의욕적이며 열정적이냐는 것이었다.

야망을 버림으로써 평생의 목표와 신념이 사라졌을 것인데 말이다. 그에 곤잘레스 남작은 화가 났다. 어찌 이럴 수 있다는 말인가? 왕좌를 위해 지나온 세월은 대체 뭐란 말인가?

그것을 느꼈음인가? 곤잘레스 남작을 반갑게 맞이하며 손을 들었던 드라기 백작이 갑자기 손을 내리며 신중한 눈동자가 되었다. 마치 지금 이 순간을 기다리고 있었다는 듯이 말이다.

그리고 그의 입에서 알 수 없는 답답함이 담긴 목소리가 흘러나왔다.

"모반인가?"

"……."

곤잘레스 남작은 말이 없었다. 어느 정도 예상은 하고 있었다. 드라기 백작은 여느 귀족들처럼 물렁하거나 호락호락한 존재가 아니었으니까. 그랬다면 자신은 드라기 백작을 선택하지 않았을 것이다.

"왜 그러셨습니까?"

"뭘 말인가?"

"왜? 왜 야망을 버리신 것입니까?"

담담하게 혹은 지극히 이성적임을 강조하면서 말을 하고 있었지만 곤잘레스 남작의 목소리에는 비분이 가득했다. 마치 믿었던 연인에게 배반을 당하는 듯한 그런 지독한 비분 말이다.

"야망? 야망이라……."

"……."

곤잘레스 남작의 물음에 그저 야망이라는 말을 되풀이할 뿐인 드라기 백작이었다. 그러다 문득 생각났다는 듯이 곤잘레스 남작을 직시하며 물었다.

"그 야망, 누구를 위한 야망인가?"

"저를 비롯한 백작님의 야망이고 더 나아가 코린 왕국을 위한 야망입니다."

"그것이 진정 자네와 나, 그리고 코린 왕국을 위한 것이었던가?"

"……."

드라기 백작의 물음에 곤잘레스 남작은 선뜻 그렇다고 말

을 할 수 없었다. 분명 시작은 그러했다. 이 더러운 세상을 한
번 바꿔보자는 생각에 야망을 가졌다.

　허나, 그 마음은 점점 오염되고 변질되고 말았다. 지금은
지극히 사적인 야망을 위해, 혹은 사적인 욕망을 위해 젊은
시절 몸과 마음을 바쳐 충성한 이의 가슴에 칼을 겨누고 있었
다.

　"나는 이것이 코린 왕국을 위한 것이라 생각하네. 야망? 그
게 다 무언가? 인간이 노예가 되어가는 판국에 말이지. 그리
고 그때 당시 나 말고는 아무도 할 수 없다 생각했네."

　"허나 지금은 아니라는 말입니까?"

　어금니를 깨물며 다시 묻는 곤잘레스 남작이었다. 그런 곤
잘레스 남작을 바라보며 아주 편안한 웃음을 보여주는 드라
기 백작이었다.

　"자네는 패트리아스 백작을 어찌 생각하나? 그가 과연 자
네가 생각하는 대로 지극히 사적인 사람인가? 혹은 귀족들의
입방아처럼 귀족으로서 전혀 자각을 하지 못하고 있다고 생
각하나? 아니면 거짓말을 늘어놓는 그런 사기꾼인가?"

　"……."

　'그렇다.' 라고 말을 하고 싶었지만 그럴 수 없었다. 귀족
들이 애써 그를 깎아 내리기 위해 만든 말은 솔직히 동북부
연합에서라면 씨알도 먹히지 않을 것이었으니 말이다.

직접 보고 경험했으니 말해 무엇하랴. 어찌 보면 자신이 꿈꾸는 코린 왕국의 미래는 오히려 드라기 백작보다는 패트리아스 백작이 어울릴지 몰랐다.

건국 왕으로서 패트리아스 백작은 둘도 없는 강력함과 카리스마를 가지고 있었다. 따지고 보면 드라기 백작은 건국 왕에는 어울리지 않았다.

허나, 치세를 한다면 오히려 패트리아스 백작보다 앞선다고 할 수 있었다. 처음 코린 왕국을 바꾸기 위해서 드라기 백작을 택한 것은 사실이었다.

코린 왕국을 바꾸고자 하는 것은 영속성을 가진 치세니까 말이다. 하지만 지금은 치세가 아니라 건국 왕이 필요했다. 때문에 패트리아스 백작 주변으로는 수많은 기사와 귀족이 모여들고 있었다.

자신이 천재라고는 하지만 그저 한 지역에서의 천재일 뿐. 왕국 전체를 본다면 그 모두에 앞서는 그런 존재는 아닐 것이다. 자신의 자리가 서서히 없어지고 있는 것이었다.

"자네는 변했군."

"그… 렇습니다. 변했습니다."

인정하기 싫지만 인정해야만 했다. 변했다. 세상에 변하지 않는 것은 없다. 역사도 변하며 대륙도 변하고 세상을 구성하고 있는 마나나 자연조차 변한다. 어찌 백 년도 살지 못하는 인간이 변하지 않는다는 말인가?

"그래서 하고 싶은 일이 무언가?"

"……."

이것은 대답할 수 없었다. 대체 자신이 지금 무엇을 위해 모반을 꾸미는지 말이다. 그가 지식을 가지고 있지 않다면 이런 대화가 불가능했을 것이다. 허나, 그는 스스로 지식을 가진 식자라 생각하고 있기에 가슴에 검을 들이대면서도 망설이고 있었다.

"그것이 자네의 한계네. 이번 모반은 결코 성공할 수 없을 것이네."

"이미 이곳 지휘부는 모두 포위되었습니다. 고작 몇백의 기사와 병력으로 2천의 기사와 병력은 감당할 수 없을 것입니다."

"이보게, 곤잘레스 남작. 자네가 날 찾아오기 전까지 나 역시 천재라 일컬어지던 사람이네. 자네가 날 속속들이 알듯 내가 자네를 모를 것이라 생각하는가?"

순간 곤잘레스 남작은 멈칫했다. 완벽하게 생각하고 완벽하게 파악한 후에 결정한 이번의 거사였다. 2천이라는 병력을 빼돌렸고, 50명에 이르는 기사를 지원받았으며, 군사부를 점령하고 귀족들을 포섭했다.

그 누구도 예측할 수 없는 거사였다. 불과 이틀간에 벌어진

일이라고는 도저히 짐작조차 할 수 없는 그런 신속한 행동이
었다. 그런데 그것을 어찌 안다는 말인가?

"알고 있었다는 말입니까? 그것은 불가능합니다."

"허면, 자네가 이틀 만에 2천의 병력과 5십의 기사를 마련
할 수 있었던 것은 가능한 일이었나?"

"그……."

곤잘레스 남작은 갑자기 불안한 생각이 들었다. 밀물처럼
밀려드는 감정에 그의 눈동자가 흔들리기 시작했다.

"들어오게."

흔들리는 곤잘레스 남작의 눈동자를 직시하며 드라기 백
작의 음성이 흘러나왔다. 그에 지휘부 막사를 구성하고 있던
두터운 가죽이 사방으로 개방되면서 막사 주변의 상황이 일
목요연하게 곤잘레스 남작의 시야로 쏟아져 들어왔다.

그리고 그를 향해 걸어 들어오는 이가 있었으니.

"벡… 스터 남작!"

곤잘레스 남작은 마치 무언가를 씹어 삼키듯 말을 내뱉었
다. 벡스터 남작이었다. 자신과 다른 의견을 가지고 있으나
언제나 자신의 의견을 따랐던 이. 그러하기에 가장 심도 깊게
그의 배후를 캤던 이.

그래서 확신했다. 다른 이가 배신을 하면했지, 그가 배신하
지는 않을 것이라고 말이다. 그런데 자신의 반대편에 서 있으

면서 자신을 가장 지지했던 이가 배신을 한 것이었다.

"그런 눈으로 나를 바라보지 말게. 나는 처음부터 드라기 백작 각하의 사람이었으니까."

"어떻게……."

입만 벙긋거릴 뿐이었다. 가장 믿었던 자이기에 그만큼 곤잘레스 남작이 가지는 충격파는 컸다. 그것은 곤잘레스 남작과 함께 이곳 지휘부에 들어온 귀족과 기사 역시 마찬가지였다.

그들의 얼굴은 그야말로 썩어 들어가고 있었다. 그들은 완벽한 계획이라 생각했다. 지휘부만 장악하면 모든 것이 끝이 날 것이라 생각했다. 그리고 지휘부는 이러한 자신들의 움직임을 절대 모를 것이라 생각했다.

하지만 그것은 그들만의 오류라 할 수 있었다. 천재든 아니든 그들은 '내가 생각할 수 있으면 다른 이 역시 같은 생각을 할 수 있다.'는 것을 깨달아야만 했다.

식자이면서 지위가 높을수록 자신을 너무 믿어 범하는, 지독히도 우매한 오류였다. 곤잘레스 남작을 비롯하여 그에게 동조한 모든 이가 범한 오류라 할 수 있었다.

"어떻게 하겠는가?"

그때 드라기 백작이 입을 열었다. 곤잘레스 남작은 말없이 드라기 백작을 바라보았다. 그러다 툴툴거리면서 순식간에 바싹 말라 버린 입을 열어 답을 했다.

"엎질러진 물을 주워 담을 수는 없지 않겠습니까?"

곤잘레스 남작의 말에 그럴 줄 알았다는 듯이 고개를 끄덕이는 드라기 백작이었다. 허나, 그에 대한 격렬한 반대급부는 곤잘레스 남작과 함께 들어온 이들에게서 나타났다.

"뭐, 뭐라고?"

"사, 살려주시오. 나는 곤잘레스 남작의 강압에 의한 것뿐이었소."

그러한 이들을 보며 곤잘레스 남작은 헛웃음을 지었다. 하지만 이내 고개를 저으며 어쩔 수 없다는 표정을 지었다. 그러면서 평소 패용하지 않던 검병을 잡아 검을 뽑아 들었다.

그에 그를 따르는 기사들과 귀족들 역시 말없이 자신들의 무기를 꺼내 들었다. 무릎을 꿇고 비는 이가 있는가 하면 이미 돌이킬 수 없음을 알고 죽음을 선택한 이들도 있었던 것이다.

"안타깝군."

드라기 백작의 말이었다. 그러한 드라기 백작의 말에 씁쓸한 미소를 떠올리는 곤잘레스 남작이었다.

"이렇게 끝이 나서 아쉽습니다. 좋은 관계로 끝이 날 수 있었는데 말입니다."

"어쩔 수 없지 않은가? 세상이 그러하니."

"그런데 한 가지만 묻겠습니다."

"묻게."

"왜 포기하셨습니까?"

곤잘레스 남작의 물음에 잠시 그를 응시하는 드라기 백작이었다.

"나는 내 그릇이 어느 정도인지 잘 아네. 만약 지금이 평화의 시기라면 내가 더 어울릴 것이겠으나 지금은 평화의 시기가 아니라 전쟁의 시기네. 그리고 우리가 상대해야 할 적은 결코 가볍지 않고 말이네."

"그를 포용할 수 없었습니까?"

마지막까지 아쉬움이 남는지 물어보는 곤잘레스 남작이었다. 그에 슬쩍 그의 시선을 외면하면서 입을 여는 드라기 백작이었다.

"지금 이 상황이 자네가 나에게 묻는 질문의 답이네."

포용하는 것이 아닌 포용당했음을 말하는 것이리라. 곤잘레스 남작은 그저 고개를 끄덕일 뿐이었다. 그리고 잠깐 드라기 백작을 바라보았다. 드라기 백작 역시 그를 바라보았다.

그가 검을 들어 드라기 백작을 가르켰다. 그리고 그의 입에서 흘러나오는 단호한 음성.

"돌겨억!"

"으아아악!"

앞으로 내달리는 그들을 향해 쏟아지는 시커먼 화살들.

퓨퓨퓨퓩!

그들은 순식간에 고슴도치가 되어버렸다. 돌격을 하던 이들의 행동이 우뚝 멈췄다. 그들의 전신에는 빼곡하게 화살이 박혀 있었다. 그들은 검조차 내려놓지 못하고 그대로 절명했을 뿐이었다.

그러한 그들을 딱딱한 시선으로 바라보는 드라기 백작이었다. 그리고 가장 선두에 서 있는 곤잘레스 남작에게로 다가갔다. 그 또한 이미 절명한 상태. 그의 눈은 부릅떠져 있었다.

드라기 백작은 한 치의 틈도 없는 화살 속으로 손을 들이밀어 눈을 부릅뜬 채 죽은 곤잘레스 남작의 눈을 감겨주었다. 그리고 잠시의 시간이 흐른 후 돌아섰다.

"치우게."

"명!"

냉정하게 말을 하고 돌아서는 드라기 백작이었다. 그러나 돌아서는 드라기 백작의 눈가에는 자신의 의도와는 전혀 상관없는 떨림이 있었다. 딱딱하게 굳은 그 얼굴 위로 진한 아픔이 아로새겨지고 있었다.

*   *   *

모반이 그저 시도로 끝나는 그 시각.

전장의 한쪽 편에서는 광폭한 웃음소리가 들려왔다. 바로 더글라스 후작과 부딪힌 뱀파이어, 키메라 병사들이었다.

"크하하하. 죽어. 죽으란 말이닷!"

더글라스 후작의 눈동자에는 핏발이 서 있었다. 그는 이미 후드를 벗어 던지고 있었다. 거대한 초록색의 체구. 아래턱에서 위로 솟아오른 두 개의 송곳니까지.

그의 모습은 오크의 모습 그대로였다. 허나, 일반인들이 생각하고 보아온 오크와는 전혀 달랐다. 그의 피부는 키메라 병사들의 이빨도 들어가지 않았고, 손톱을 튕겨내고 있었다.

녹색의 가죽 위로 터질듯 꿈틀거리는 근육과 도드라진 핏줄은 보는 이로 하여금 오금이 저리도록 만들었다. 또한 그가 내뿜는 투기는 세상에 무서울 것도 거칠 것도 없다 여긴 키메라 병사들마저 위축되게 했다.

퍼걱!

그의 발아래에 한 명의 키메라 병사가 피와 육편을 사방으로 흩뿌리며 터져 나갔다. 왼손에 든 렌스는 두세 명의 키메라 병사를 꿰뚫고 있었고, 오른손에 든 거대한 배틀 엑스는 자신에게 다가오는 키메라 병사들을 쪼개고 있었다.

"크허어억!"

콰지지직!

그의 주변은 난장판이었다. 키메라 병사들의 시체가 널렸고, 그들에게서 흘러나온 검녹색의 피가 어찌나 많은지 그가 자리하고 있는 주변은 질퍽하게 젖어 있었다.

"코서 백자악! 나서라! 쥐새끼처럼 숨어 있지 말고 앞으로 나서란 말이다아!"

더글라스 후작은 광폭하게 외치며 앞으로 전진해 나갔다. 그의 외침은 분노가 가득 담겨져 있었다. 자신은 자신의 의지와 상관없이 실험체가 되고 이제는 괴물이 되어버렸다.

그런데 코서 백작과 그를 따르는 귀족들은 자신들의 자의에 따라 인간이기를 거부하고 스스로 괴물이 되어버렸다. 도저히 인정할 수 없었다.

그들은…….

이 세계에서 사라져야 할 존재였다.

물론, 이 전쟁의 끝에는 자신 역시 사라져야 할 것이다. 그것을 알고 있었다. 그래도 그 이전에 자신을 이렇게 만든 모든 것을 사라지게 하고 싶었다.

그런 심정을 담은 더글라스 후작의 울림은 곧바로 코서 백작과 그를 따르는 열둘의 귀족에게 전해졌다. 그들의 얼굴은 더욱더 창백해졌다. 눈자위는 붉어지고, 날카로운 송곳니가 드러나기 시작했다.

"감히…….."

"실험체 주제에……."

"카하아악!"

이 피 튀기는 전장 속에서도 고고함을 잃지 않았던 그들이 변하기 시작했다. 전장에서 고고함이란 허영과 같은 것. 그것을 던져 버리자 가장 원초적인 그들의 모습이 보이고 있었다.

"죽엇!"

모습이 변하기 시작했을 때 그들은 어느새 더글라스 후작의 지근거리에 도착해 그의 등 뒤에 날카로운 손톱을 박아 넣고 있었다. 허나 워낙 질긴 그의 가죽이어서인지 작은 생채기만 남기고 튕겨져 나가고 있었다.

"크흐흐흐. 드디어 왔구나. 이 쥐새끼들."

더글라스 후작은 잔인하게 웃었다. 그는 한껏 기대에 부푼 모습이었다. 이들을 어찌해야 할까 하는 생각에 말이다. 그는 자신이 죽는다 해도 좋았다. 지금 이 순간 자신을 이렇게 만든 이들을 죽일 수 있다는 것에 대해서 말이다.

"크화아악!"

소리를 내질렀다. 그리고 렌스와 배틀 엑스를 풍차 돌리듯 돌렸다. 그에 그의 전신이 회전하기 시작했다. 막을 수 없는 폭풍에 뱀파이어에게로 향하기 시작했다.

뱀파이어들은 비릿하게 웃었다. 어찌 자신들을 겨우 하급의 키메라들과 비교한다는 말인가? 자신들은 영생을 사는 뱀파이어였다. 인간보다 우월하고 키메라보다 강한 종족이란 말이다.

"크하하하! 죽어라, 이놈!"

뱀파이어들이 검을 휘둘렀다. 자신의 손톱으로 만든 새하얗게 빛나는 검이 풍차처럼 휘돌며 목숨을 위협하는 하찮은 실험체를 향해 박혀 들어갔다.

쾅쾅! 채재챙!

무언가 터지는 소리와 수없이 많은 날카로운 쇳조각이 부딪히는 소리가 들려왔다. 그와 동시에 눈을 감게 하는 밝은 빛이 터져 나왔다. 그리고 그 속에서 심혼을 뒤흔드는 비명 소리가 흘러나왔다.

"크하악!"

한 명의 인물이 튕기듯 더글라스 후작의 폭풍 속에서 빠져나왔다. 뱀파이어였다. 튕겨진 뱀파이어는 이미 절명했다. 선명한 검붉은 선을 일자로 그으며 튕겨져 나가더니 머리에서부터 시작하여 불꽃이 되어 사라지고 있었다.

재가 되어 공간 속에 흩어지는 뱀파이어의 사체. 사라지는 그들의 모습은 지극히 아름다웠다. 마치 적막한 밤에 불놀이를 하듯이 말이다. 그러한 와중에도 여전히 더글라스 후작의 폭풍은 멈추지 않았다. 아니, 더욱더 강력해지고 있었다.

뱀파이어들은 그 폭풍 속으로 뛰어들었다. 적을 죽이는 것만이 자신들이 살 길이고, 상처 입은 자존심을 되살리는 것이 었다.

어둠의 마나가 뱀파이어의 새하얀 검날에 맺혔고, 검날은 점점 검은색으로 물들어갔다. 그리고 종내에는 애초에 그들이 가지고 있던 검보다 두 배는 족히 더 되어 보이는 검이 형성되었다.

"크카캇! 죽었!"

"크허허엉!"

길고 검은 검이 어둠보다 더 검은 궤적을 그리며 더글라스 후작의 치명적인 곳을 찾아 스며들었다. 맞다. 스며들었다는 말이 맞을 것이다. 어느새 연기가 된 그들의 검이었으니 말이다.

"크큭. 간지럽군. 더 없나? 더 없느냔 말이다."

기괴한 웃음을 떠올리며 더욱 뱀파이어들을 도발하는 더글라스 후작이었다. 그의 몸에는 검녹색의 피가 흘러내리고 있었다. 키메라에게는 상처조차 입지 않았던 피부이거늘 뱀파이어의 몇 번의 검격에 피를 흐리고 있는 것이었다.

하지만 그는 인상을 찡그리거나 아프다는 표정을 짓지 않았다. 아니, 오히려 지금의 상황이 미치도록 좋다는 듯 시원한 표정을 짓고 있었다. 그러한 더글라스 후작이 모습에 뱀파이어들은 무표정으로 응대했다.

그를 얕본 것은 인정한다. 하지만 얕보지 않았어도 전투에 들어서면 결코 표정을 내보이지 않는 그들이었다. 그들은 어느새 인간에서 뱀파이어가 되어가고 있었던 것이다.

더글라스 후작의 몸에서 튀어 오른 핏방울이 뱀파이어의 얼굴에 튀었다. 뱀파이어는 무표정하게 자신이 얼굴에 튄 피를 핥았다. 날카로운 송곳니가 달빛을 받아 번뜩였다.

그러한 뱀파이어의 얼굴 정면으로 두텁고 신경질적인 배틀 엑스가 쪼개져 들어왔다.

"크크크!"

그저 웃을 뿐이었다. 배틀 엑스가 닿는 순간 뱀파이어의 정수리가 부서져 갔다. 마치 모래처럼, 혹은 먼지처럼 부서져 이내 검은 색의 안개만이 남아 어두운 공간 속으로 사라졌다.

휘우웅!

더글라스 후작의 배틀 엑스는 공연한 공명음만 남긴 채 허공을 할퀴고 지나갈 뿐이었다. 그리고 검은 연기가 되어 사라졌던 뱀파이어가 예상치 못한 위치에서 다시 뭉치며 하나의 형상을 이루었다.

그 순간이었다.

"커헉!"

하나로 뭉쳐지던 검은 연기가 입을 쩍 벌렸다. 그리고 서서히 드러내는 본모습. 완전히 드러난 뱀파이어의 가슴에는 날카롭고 둥근 원 기둥 하나가 박혀 있었다.

바로 아무렇게나 집어 든 더글라스 후작의 렌스였다. 뱀파이어는 이럴 수는 없다는 듯이 자신의 가슴을 관통한 렌스를 멍하니 내려다보았다. 그리고 렌스를 중심으로 밝은 불꽃을 이루며 허공에 흩날리기 시작했다.

아름다운 불꽃놀이가 다시 시작되었다. 또 한 명의 뱀파이어가 완전하게 소멸되어 버렸다.

코셔 백작을 중심으로 한 남은 열한 명의 뱀파이어의 시선이 바뀌기 시작했다. 어쩌면 자신들의 생각 이상으로 대단한 각성 실험체가 탄생했을지도 모르기 때문이었다.

그때 코셔 백작이 무언가를 웅얼거렸다. 그의 정수리에서 검고 둥근 물체가 떠올랐다.

사람 머리통만 한 둥근 물체가 되더니 이내 허공에 두둥실 떠올랐다. 한참을 그렇게 떠오르더니 어느 지점에 멈춰선 후 좌우로 하나의 검은 선이 생기고 그 선을 중심으로 위 아래로 갈라지기 시작했다.

검은 구체에서 구체보다 더 검은 눈동자가 생겨났다. 암흑의 눈동자. 코셔 백작은 잠시 그 눈동자를 바라보다 다시 전투에 집중했다. 다시 살아남은 뱀파이어와 더글라스 후작의 전투가 시작되었다.

처절할 정도로 잔인한 전투가 말이다. 그리고 그들 말고도 다른 전투를 치르고 있는 이가 있었으니, 바로 제논과 레오였다. 인간과 뱀파이어의 전투였으나 그들은 이미 종족을 넘어 한순간에 오랜 친구가 된 이들이었다.

그들의 부딪힘에 눈부시게 밝은 빛과, 어둠을 삼킬 듯한 어두움이 사방으로 퍼져 나가고 있었다. 처음 만났을 때 서로를 친근하게 대하던 모습은 없었다.

오로지 상대를 죽이기 위해 미친 듯이 창과 할버드를 휘두르고 있었다. 마치 죽기 위해서 싸우는 듯 어떠한 대화도, 어떠한 표정도 보이지 않았다.

레오의 할버드가 제논의 정수리를 노리고 찍어 내려오고 있었다. 빛보다 빠른 속도로 내려쳐지는 레오의 할버드는 도저히 막을 수 없을 것 같았다. 허나, 제논은 창을 비스듬히 들어 할버드를 빗겨내고 있었다.

치이잉!

빗겨나면서 날카로운 소리가 귓등을 때렸다. 제논은 곧바로 반격에 들어갔다. 창을 돌려 날카롭게 벼려진 창준으로 레오의 심장을 찔러 들어갔다. 레오는 화들짝 놀라며 할버드를 회수하면서 뒤로 쭈욱 밀려났다.

할버드로 막기에는 너무나도 빠른 한 수였으니 그가 할 수 있는 방법은 몸을 빼는 수밖에 없었다. 하지만 그렇다고 해서 제논의 공격을 벗어날 수는 없었다.

제논의 신형은 마치 그의 신형에 단단한 실이라도 매어놓은 양 레오가 물러나는 속도보다 더 빠르게 다가갔다. 수평으로 회전하며 날카로운 창두가 레오의 심장어림을 휩쓸고 지나갔다.

파하아앗!

제논이 휘두른 창의 궤적을 따라 핏줄기가 흘렀다. 레오의 가슴은 좌측에서 우측으로 주욱 베어져 있었으며, 그곳에서는 예의 검녹색 핏줄기가 흘러나오고 있었다.

레오는 잠시 자신의 가슴을 바라보더니 이내 날카로운 송곳니를 드러내며 웃어 보이고는 할버드를 제논을 향해 미련없이 던져 버렸다. 이전과는 전혀 다른 속도로 제논에게 쇄도하는 할버드.

제논은 자신의 창을 앞으로 쭈욱 내밀었다. 창의 끝과 할버드의 끝이 부딪혔다.

파카가강!

소리가 흘렀다. 잠시 팽팽한 힘의 균형에 의해 정지된 듯 보였다. 허나, 이내 레오의 할버드의 끝이 갈라지기 시작했다. 그것을 시작으로 제논의 창이 레오의 할버드를 가르기 시작했고, 마침내 제논의 창은 레오의 할버드를 네 개로 분할시켜 버렸다.

그때 제논의 감각에 들어오는 위험의 경고성. 제논의 신형이 빙글 돌며 마치 공간 이동을 하듯이 자리에서 사라지고 그 자리에는 레오가 회백색의 차가움을 지닌 검이 모습을 드러내고 있었다.

그리고 나풀거리며 흘러내리고 있는 제논의 백발이었다. 레오는 아쉽다는 표정을 지어 보이며 다시 몸을 움직였다. 한두 걸음 옮기자 그의 모습이 다시 사라졌다.

제논은 그 모습에 아주 자그맣게 고개를 끄덕였다. 지금까지 레오와 자신은 그저 단순한 체력과 무력으로만 전투를 지속했다. 하지만 이제는 아니었다.

레오가 뱀파이어로서의 능력을 사용한 것이었다. 그렇다면 제논 역시 정령사로서의 능력을 사용해야 할 것이다.

'정령 빙의(Elemental Possession), 노움(Gnome), 운디네(Undine). 대지의 방패(Shield of Earth).'

'정령 빙의(Elemental Possession), 살라맨더(Salamander), 화염의 창(Flame of Spear).'

제논의 신형에 부옇게 옅은 막이 생겨났고, 밋밋하나 차갑게 빛을 내던 창에는 어느새 붉은 화염이 일렁거렸다.

'정령 소환(Summon Elemental), 실프(Sylfe), 추적(Chase).'

사대 정령 모두가 그의 곁에 머물렀다. 다른 이였다면 제논은 하나만 불러내었을 것이다. 하나만으로도 충분하니 말이다. 하지만 제논은 사대 정령 모두를 불러내었다.

그것은 마음이 맞는 친우에 대한 예우였다. 자신의 모든 것을 보여준다는 그런 것 말이다. 그것이 그를 친우로서, 전사로서 대하는 것이라 생각했다.

제논은 창을 던졌다. 아무런 사전 동작 없이 어둠 속으로 휙 하고 던져냈다. 하지만 제논이 던진 창은 마치 자신이 가야 할 곳을 알고나 있다는 듯이 어느 한 방향으로 사라졌다.

말 그대로 사라졌다. 제논이 창을 던진 것은 분명하나 창은 보이지 않았다.

"큭!"

그때 어둠이 흔들리며 단발의 답답한 소리가 흘러나오더니 제논의 전면 5미터 지점의 공간이 일그러지고 있었다. 창의 절반쯤이 사라진 장소에서부터 서서히 일그러진 공간이 형태를 취하기 시작했다.

제논의 창은 레오를 정확히 찾아내었다. 그리고 레오는 제논의 창을 잡고 있었다. 그 창을 잡고 있는 레오의 손아귀에는 검녹색의 진득한 피가 흘러내리고 있었다.

그렇지 않아도 창백했던 레오의 얼굴이 더욱더 창백해지고 있었다.

"쿡쿡! 이거 꽤 아픈데?"

무엇이 그리 재미있는지 레오는 쿡쿡거렸다. 그러다 스르르 무너져 내렸다. 하지만 그의 신형은 땅에 닿지 않았다. 무너지는 그를 제논이 받아 들고 있었기 때문이었다.

"6백 년 만의 안식이로군. 언젠가는 이런 날이 올 줄 알았지. 언제나 나는 상상했다. 이런 날을 말이야. 그리고 소원했지. 안식에 들고 싶어서 말이야. 그런 내 소원을 자네가 들어주는군. 쿨럭!"

말을 하다 말고 레오는 한 움큼의 핏덩이를 게워내고 있었다. 그는 1세대 뱀파이어지만 6백 년이라는 오랜 시간 동안 살아남은 뱀파이어였다. 그러하기에 한 줌의 불꽃이 되어 사라졌어야 함에도 아직 버티고 있는 것이었다.

"한 가지 흠이라면 자네를 너무 늦게 만났다는 것이겠지만 말이야."

그런 레오를 보며 제논은 어설프게 웃었다. 마치 울고 싶은데 웃어야만 할 것 같은 생각에 억지로 웃어 보이는 사람처럼 말이다.

"지옥에서나 보겠군."

조금은 물기에 젖은 제논의 목소리였다.

"크크. 쿨럭."

또다시 한 움큼의 핏덩이를 게워내던 레오가 이 생에 마지막 숨을 들이쉬듯 쉰 소리를 내었다. 그러다 어느 순간 입을 벌린 채 제논을 바라보는 눈동자를 그대로 둔 채 차갑게 식어 갔다.

아이러니하게도 그가 식어갈 때 그의 가슴속에 박힌 창에 의하여 밝게 빛나는 불꽃이 일어 그의 전신을 서서히 물들여 갔다. 그 불꽃이 눈으로 다가가기 전 제논은 레오의 눈을 감겨줄 뿐이었다.

한 줄기 바람이 불어 재가 된 레오의 시체를 허공으로 날려보냈다. 제논이 쥐고 있던 한 한 움큼의 잿더미도 손가락 사이로 흘러 아무렇지 않게 흩날리며 사라지고 있었다.

제논은 크게 숨을 한 번 들이쉬었다. 그의 눈자위가 조금은 붉게 변했다. 그때 그의 등 뒤로 뜨거운 콧김이 전해졌다. 주인을 찾아온 애마였다. 제논은 그런 말을 한 번 스윽 훑어보고 훌쩍 올라탔다.

그는 말 위에 꼿꼿하게 섰다. 병사들을 볼 필요는 없었다. 그가 관심을 가지는 곳은 오로지 뱀파이어와 키메라가 존재하는 곳이니 말이다. 그리고 그의 시선이 향한 곳에는 예의 피투성이가 되어가고 있는 더글라스 후작이 보였다.

3백에 이르던 키메라도 어느새 몇십 정도로 줄었고, 더글라스 후작은 피투성이가 되어 아직도 여섯 명의 뱀파이어와 대치하고 있었다. 더글라스 후작의 편이 되어 왔던 스톡스 자작의 모습은 보이지 않았다.

툭!

제논은 그저 발끝으로 말의 등을 두드렸다. 그의 의도를 알고 있기라도 하듯이 백마는 바람처럼 달려 제논이 바라보는 곳에 도착했다.

제논은 기다리지 않았다. 그의 신형이 그대로 뛰어올랐다. 제논은 알 수 없는 분노를 느끼고 있었다.

이들과 대적한 것이 한두 번도 아니었다. 그러하기에 이들을 다시 본다 해서 자신이 분노할 이유 따위는 없었다.

하지만 오늘은 조금 다르게 다가오고 있었다.

"필리프 코서 백작! 나 제논 패트리아스가 여기 있다!"

제논의 외침에 코서 백작은 그를 바라보았다. 그의 입 주위에는 선혈이 흠씬하게 묻어 있었다. 눈동자는 그의 입 주위에 묻어 있는 선혈만큼이나 붉어져 있었다.

"카하하하. 오냐! 너를 기다렸다."

만약 코서 백작이 정상적인 상태였다면 지금 자신을 부르는 제논에게 감히 대적할 생각을 못했을 것이다. 그것은 바로 그를 맞이한 자가 1세대 뱀파이어였기 때문이었다.

그런데 너무 많은 선혈을 취했을까. 코서 백작의 모습은 전투가 시작되기 전과는 완전히 달라진 모습이었다. 그는 미친 듯이 날아 제논이 떨어져 내리는 장소로 향했다.

"죽어랏!"

무척이나 빠른 손속. 제논의 신형이 멈칫거리다 일렁이며 사라졌다. 순간 코서 백작은 눈부시게 빠른 속도로 몸을 돌려

세웠다.

딱!

나무와 나무가 부딪히는 것 같은 소리가 났다. 그리고 코셔 백작이 그대로 굳어졌다. 그의 이마 정중앙에서 검녹색의 핏줄기가 느릿하게 흘러내리고 있었다.

다른 뱀파이어와 달리 그는 불꽃이 되어 사라지지 않았다. 제논은 단순히 창에 마나를 담아 그의 뇌를 녹여 버렸을 뿐이니까. 뱀파이어가 아무리 영생을 하는 존재이고 결코 죽지 않는다 하지만 뇌가 완전히 녹아버린 상태에서 살 수 있는 것은 아니었다.

서걱!

제논은 가차 없이 코셔 백작의 목을 베어버렸다. 힘없이 떨어져 내리는 코셔 백작의 목. 너무나도 허무하게 그 생을 마감하는 코셔 백작이었다. 제논은 창끝에 코셔 백작의 목을 찍어 들어 올렸다.

"여기 플리프 코셔의 목이 있다. 살고자 한다면 무기를 버리고 항복하라!"

제논의 외침은 전장 구석구석까지 파고들었다. 보지 못할지라도 제논의 소리를 듣지 못한 이는 아무도 없을 정도로 말이다. 그에 연합군 측의 병사들은 승리의 함성을 질렀으며, 귀족군 측의 병사들은 무기를 버리기 시작했다.

이미 오랜 시간 동안의 전투로 지치기도 지쳤다. 그러한 와 중에 자신들을 이끄는 사령관이 죽었으니 그대로 무기를 놓아버린 것이었다. 제논은 외침에 전장은 한순간에 정리되고 있었다.

단 한 곳만 제외하고는 말이다. 코셔 백작이 이끌고 온 뱀파이어와 키메라들이 있는 곳은 여전히 전투가 이루어지고 있었다. 제논은 창을 털어내고 키메라가 있는 곳으로 몸을 날렸다.

더글라스 후작은 신경 쓰지 않았다. 살아남은 네 명의 뱀파이어는 오롯하게 그의 몫이지, 제논이 참견할 일이 아니었다. 만약 제논이 참견한다면 그는 죽어서도 제논을 원망할 것이다.

그러하기에 제논이 향한 곳은 몇 남지 않은 키메라가 있는 곳이었다. 얼마 남지 않았다 해도 무려 4백 이상은 족히 남아 있는 키메라였다. 더글라스 후작을 따르는 키메라는 이미 거의 전멸에 가까운 타격을 입었고 말이다.

제논은 떨어져 내리는 그 속도 그대로 광범위한 범위 공격을 했다.

'정령 소환(Summon Elemantal), 운디네(Undine), 강우(Blade Rain)!'

백색의 광망이 터지면서 수많은 창의 비가 떨어져 내리기 시작했다. 제논은 키메라에게 영원한 안식을 주기로 했다. 운디네는 치유를 담당하기도 하는 정령이었다.

그런 운디네의 속성 때문인지 언데드나 어둠 속성의 몬스터에게는 그야말로 천적일 수밖에 없었다.

그러한 운디네의 힘이 깃든 창의 비가 떨어져 내리자 순식간에 전장은 아수라장이 되어버렸다.

그렇지 않아도 삶과 죽음이라는 곳인 전장이다.

그곳에 또다시 몇십의 키메라가 변신하기 전의 모습으로 죽어가고 있었다. 허나, 운디네의 힘이 깃든 창을 맞고 죽은 이들의 표정은 지극히 편안해 보였다.

살아남은 키메라들은 그 가진 바 흉성을 폭발시켰다. 위험을 느낀 것이었다.

죽음에 대한 위협을 본능적으로 깨달은 그들은 여태껏 대상이었던 키메라를 던져두고 제논을 향해 쇄도하기 시작했다.

"크허어엉!"

"케르르륵!"

두 발이 아닌 네 발로 달리는 키메라. 이미 그들은 인간이 아닌 몬스터였다. 또한, 그들을 변신시킨 뱀파이어가 없어진 이상 다시는 본 모습으로 돌아갈 수 없을 것이었다.

'정령 소환(Summon Elemental), 살라맨더(Salamender), 화

륜(Flame Cycle)!"

창이 수평으로 회전하면서 날아갔다. 화륜이 날자 어둠이 밝혀졌다. 미친 듯이 혀를 빼물고 침을 흘리며 쇄도하던 키메라들의 허리가 두 동강이 나고 달라붙은 불을 어떻게 해서든지 끄려 했다.

허나, 몸부림치면 몸부림칠수록 더욱 그들의 전신을 불태우는 불의 수레바퀴였다.

촤르르륵!

불의 수레바퀴로 떠나보낸 창을 두고 제논의 양손에서는 은백색의 사슬이 뻗어 나오고 있었다. 어둠 속임에도 불구하고 그의 은백색의 사슬은 고귀한 듯 자태를 뽐내고 있었다.

"이제 끝내자!"

촤르르륵!

"케에엑!"

"케륵!"

은백색의 사슬이 빛줄기를 뿌려대며 사방으로 흩어져 날아갔다. 쓸어버리고 꿰뚫어 버리고 있었다. 피할 공간은 없었다. 멀어지면 멀어지는 대로 쇠사슬이 늘어나 꿰뚫었고, 막으면 막는 대로 휘감아 돌아 잘라 내버렸다.

제논의 손에 쥐어진 은백색의 쇠사슬은 그야말로 통제할 수 없는 포악한 야수와 같았다. 이 세상의 모든 것을 완벽하게 삼켜 버릴 듯이 움직이고 있었다. 그제야 세상에 무서울 것 없던 키메라는 공포를 느끼게 되었다.

도망칠 곳은 없었다. 그렇다고 죽을 수도 없었다. 본능은 살라고 외치고 있었기 때문이다. 허나, 어떻게 할 수 없었다. 오직 본능에 의존했던 그들인데 본능이 마비되니 키메라는 그저 허수아비에 지나지 않았다.

그 많은 키메라가 사라지는 것은 그야말로 순식간이었다. 누가 그 장면을 보았다면 비현실적인 상황에 자신의 눈을 의심해야만 했을 것이다. 다행히도 이곳을 보고 있는 이들은 없었다. 애초에 제논은 일반 병사들과 이 괴물들을 따로 분리해서 전투를 치렀으니까 말이다. 하지만 전혀 없지는 않았다.

"괴물은… 백작 자네가 괴물이군."

목소리가 들려오는 쪽. 피투성이가 된 더글라스 후작이 지쳤다는 듯이 커다란 배틀 엑스를 옆에 두고 바위에 걸터앉아 제논을 바라보고 있었다. 그런 더글라스 후작의 말에는 대답조차 하지 않고 그저 밤하늘을 바라보는 제논이었다.

제논을 따라 더글라스 후작 역시 밤하늘을 바라보았다. 적막했다. 무수히 많은 별이 한꺼번에 땅 위로 쏟아질 것 같았다.

"아름답군."

얼굴과는 전혀 어울리지 않는 말이 흘러나왔다. 그 자신도 지금의 이 상황이 무척이 생경스러웠다. 자신이 인간이었을 적에도 밤하늘의 별을 보며 아름답다는 말을 하지 않았으니까.

"피가 흘렀기에 더욱 그러할지도……."

제논의 말에 고개를 끄덕이는 더글라스 후작이었다. 평화는 치열한 전쟁에 의해서만 얻어진다. 밤하늘의 별이 아름다운 것은 사방이 어두운 와중에 그들만이 반짝이기 때문이었다.

"가시지요."

"그러지."

배틀 엑스를 고쳐 쥐고 자리에서 일어서는 제논이었다. 제논과 더글라스 후작은 어깨를 나란히 하고 전투의 마무리를 하고 있는 지휘부를 향해 걸어가고 있었다.

그러다 문득 더글라스 후작이 자리에 멈춰 섰다. 제논 역시 멈춰 섰다. 더글라스 후작은 허리를 굽혀 무언가 탁한 것을 땅 위에서 주웠다. 반지였다. 귀족의 인장처럼 보였다.

그 인장에는 장미가 그려져 있었다. 장미의 가문. 닉 스톡스 자작의 가문이었다. 진흙투성이가 된 그 반지를 엄지로 문질러 진흙을 털어낸 더글라스 후작은 자신의 품속에 인장을 수습했다.

그러다 자신의 옆을 바라보며 멋쩍은 듯 입을 열었다.

"그래도 나를 따르던 인물이지 않은가?"

제논은 말없이 고개를 돌렸다. 그리고 걸음 옮기기 시작했다. 그런 제논을 물끄러미 바라보던 더글라스 후작은 이내 한숨을 살짝 내쉬었다.

"나도 원래 이렇게 감상적이지는 않았다네. 괴물이 되고 보니 심장이 말랑말랑해진 것 같아 심히 걱정이 되기는 하네."

누가 듣기라도 할까 자신에게만 들릴 정도로 말을 하는 더글라스 후작이었다. 그리고 제논을 따라 걸음을 옮겼다. 그렇게 또 한 번의 전쟁이 끝나고 있었다.

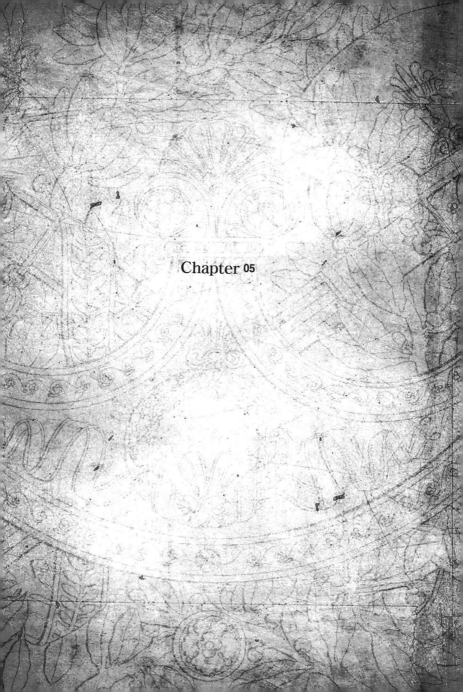

Chapter 05

"또다시 실패했네요."

악마의 눈동자를 통해 전장의 상황을 지켜보던 오브레임 후작과 크리스티나였다. 크리스티나는 무척이나 담담한 목소리였으나 그녀의 표정은 절대 목소리와 같지 않았다.

"대체 어디서 무엇을 어떻게 하였기에 저런 무력이 나오는 거지?"

크리스티나는 의혹을 가지기 시작했다. 바로 제논의 말도 안 되는 무력 말이다. 비록 전장에 투입한 이가 1세대의 가디언 한 명이라고는 하지만 그는 솔직히 진혈조차도 쉽지 않은 무력을 지닌 자였다.

그런데 그러한 1세대 뱀파이어, 그것도 가디언을 상처 하나 입지 않고 가볍게 이겼다. 이해할 수 없는 상황이었다. 그녀는 분명하게 기억한다. 과거 자신이 인간이었을 적 제논 패트리아스라는 존재에 대해서.

그가 자신의 아버지 헤밀턴 공작에 의해서 만들어졌으며, 제거된 과거의 유령들이 어떠한 훈련을 받았고, 그가 어떠한 실험을 당했는지 말이다.

그는 초기형 실험체라 할 수 있었다. 각성이라는 말은 존재조차 하지 않는 그런 초기형 실험체.

지금 제논의 무력은 각성이라 볼 수 없었다. 온전하게 그가 가진 무력이라고 해도 과언이 아니었다. 그래서 더 의혹의 폭이 커졌다. 의혹의 폭이 커지면 커질수록 그녀는 제논에게 이끌리는 자신을 보고 있었다.

'묘하군, 묘해. 진정으로 묘하군. 내가… 왜 그에게 끌리는 거지?'

커져 가는 의혹과 함께 당혹감이 찾아왔다. 냉담한 표정을 짓고 있는 오브레임 후작은 그러한 크리스티나의 행동의 변화를 유심히 지켜보았다. 물론, 그녀의 진정한 심중을 알 수는 없었다.

허나 무언가 바뀌고 있다는 것은 충분히 짐작하고도 남았다. 솔직히 오브레임 후작도 당혹스러웠다. 크리스티나가 공작 가문의 원로원에 청을 넣어 보낸 자.

그자는 오브레임 후작 그도 익히 아는 자였다. 대외적으로 가디언이라는 존재는 극히 일부만 아는 존재이기는 하나 공작 가문의 혈족으로 높은 서열을 유지하고 있는 크리스티나 덕에 그들의 혈족만이 아는 비밀을 알 수 있었다.

그중 대외적으로 가장 많이 알려진 자가 바로 레오나르도 가르시아라는 존재이니까 말이다. 이번에는 오브레임 후작 역시 믿어 의심치 않았다. 왜냐하면 그는 그런 존재니까.

하지만 결국 그 역시 실패했다. 모르는 사람이 본다면 레오나르도 가르시아가 근소한 차이로 패배하고 목숨을 잃었다고 생각하겠으나, 오브레임 후작에게 제논은 본신의 실력을 채 절반도 사용하지 않은 것처럼 보였다.

레오나르도 가르시아는 시종일관 전력을 투사한 반면에 그를 상대하는 제논의 모습은 그야말로 여유 그 자체였다고 할 수 있었다. 상당히 많은 기술을 사용하고, 최근에야 보이는 은백색의 쇠사슬까지 사용했으나 그것은 바로 상대에 대한 기사로서 예의 정도로 파악할 수 있었다.

"제거되었다고 알려진 이후 7년 사이에 그는 완벽하게 변한 것 같소."

오브레임 후작은 그렇게 생각했다. 제논이 그들의 손아귀

안에 쥐어져 있던 23년 동안 제논의 모든 것은 빠짐없이 기록되고 보고되었다. 허나, 그가 제국에 파견되고 죽었다고 보고된 이후 7년의 행적은 오리무중이었다.

그리고 다시 보고된 시기는 6년 전 현 아이작스 백작의 길잡이를 하면서부터였다. 그 당시만 해도 그는 그저 B급 용병이자 길잡이일 뿐이었다. 그의 행적 중 알려지지 않는 것은 7년이었다. 그 7년이 지금의 제논을 만들었다고 확신하고 있는 오브레임 후작이었다.

하지만 오브레임 후작은 그 이외의 것은 전혀 알 수 없었다. 그의 무력의 근원에 대해서 말이다. 그의 가문은 검의 명가였다. 오직 검만을 사용하는 가문. 그런데 지금 그는 창을 사용한다.

가문의 검술을 창술로 바꿨다 하여도 기본적인 투로를 바꿀 수는 없었다. 헌데, 전혀 다른 투로였다. 오브레임 후작은 패트리아스 가문의 검술을 너무도 잘 알고 있었기 때문이었다. 심지어 패트리아스 가문의 검술을 익히고 연구까지 했으니 말해 무엇하랴.

"인정하지 않을 수 없겠네요. 그는 완벽하게 다른 사람이라는 것을."

"어찌 했으면 좋겠소."

약간은 위축된 듯한 오브레임 후작의 목소리였다. 그에 크리스티나는 눈살을 찌푸릴 수밖에 없었다. 이런 남자가 아니었다. 그가 알았던 오브레임 후작은 말이다.

그렇게 경멸하는 마음이 드는 순간 크리스티나의 한쪽 구석에서 경계의 마음이 슬며시 머리를 쳐들기 시작했다. 오브레임 후작은 친구를 죽였고, 친구의 가문을 멸문시켰다.

그 말은 곧 자신의 목적을 위해서는 세상의 눈이나 입 따위는 생각하지도 않는 자라는 뜻이었다. 그는 난세에 태어나지 않았다면 영웅이 될 것이었으나, 난세에 태어났기에 간웅이 된 그런 존재라 할 수 있었다.

크리스티나는 자신이 본능을 따르기로 했다. 지금의 오브레임 후작은 그의 본 모습이 아닌 목적을 위한 수단이라는 것으로 말이다.

"오라버니를 만나봐야 할 것 같네요."

"형님을 말인가?"

"아버지는 이 왕국의 일에 대해서 손을 뗀 지 오래니까요."

"흐음."

가볍게 한숨을 내쉬는 오브레임 후작이었다. 자신은 그들의 눈에서 멀어지고 있었다. 헌데, 크리스티나는 여전히 자신을 경계하고 있었다. 그것은 아직도 자신을 경멸하지 않는 그녀의 모습 때문이었다.

잠시 잠깐 그녀의 눈을 스치고 지나간 경멸의 빛을 보았지만 그녀는 여전히 자신을 경멸하지 않고, 경계하고 있었다. 계획이 마음대로 진행되지 않았다. 자신과 가장 가까이 있는 자의 눈을 속여야 하건만 가장 가까이 있는 자는 자신에 대한 경계를 풀 의도가 전혀 없어 보였다.

"그건 부인께서 알아서 하시고, 클… 라렌스의 일은 어찌 되었소."

"동생의 이름을 함부로 부르지 말았으면 해요. 동생이 아무리 가문과 인연을 끊었다 하나 그녀는 당신이 이름을 부를 정도로 가벼운 존재가 아니니까요."

크리스티나의 명백한 선 긋기였다. 크리스티나의 말에 오브레임 후작은 얼굴이 잠시 굳어졌다. 그녀의 말을 자신을 무시하는 것으로 받아들인 것이었다.

그녀는 아직도 자신을 혈족으로 받아들이지 않고 있었다. 그저 형식적인 부부의 관계일 뿐., 그 이상도 이하도 아닌 존재였다. 오브레임 후작은 어금니를 깨물 수밖에 없었다.

"미, 미안하구려. 실수였소."

"실수였기를 바래요."

찬바람이 도는 그녀의 목소리였다. 오브레임 후작은 침묵할 수밖에 없었다. 침묵하지 않는다면 그녀에게 자신이 마음을 들킬 것 같았다.

"그녀의 일은 제가 알아서 합니다. 가겠어요."

차갑게 내뱉고 매몰차게 돌아서는 크리스티나였다. 그러한 그녀를 지긋이 노려보는 오브레임 후작이었다. 그의 안색은 여전히 굳어져 있었고, 눈가에는 잔 경련이 일고 있었다.

"잘… 참으셨습니다."

"……."

그녀가 사라진 자리를 프레이저 자작이 차지했다. 프레이저 자작을 흘깃 바라보며 여전히 묵묵부답인 오브레임 후작이었다. 아직도 분을 삭이지 못한 것이었다.

"어느 정도 진척이 되었는가?"

"9할 이상입니다."

"실험은?"

"사실 실험 대상이 필요하긴 합니다."

프레이저 자작은 아무렇지도 않게 말을 했다. 그러한 프레이저 자작을 쳐다보는 오브레임 후작이었다. 9할 이상이라 하면 이미 실험체에 실험을 완료했다고 해도 무방했다.

지금 프레이저 자작의 말은 완벽한 실험체가 필요하다는 뜻이었다. 그리고 그가 원하는 완벽한 실험체는 바로 자신이라는 것 역시 알고 있었다.

"언제 가능하겠나?"

앞뒤 말을 모두 자르고 단도직입적으로 묻는 오브레임 후작이었다. 그에 프레이저 자작은 미미하게 입을 꿈틀거렸다.

이미 그럴 줄 알았다는 듯이 말이다.

"언제든지 가능합니다."

"기간은 어떻게 되지?"

"그것은 살펴봐야 하지 않겠습니까?"

"지금 당장하지."

"준비하겠습니다."

지극히 냉담한 대화였다. 프레이저 자작도 그렇고 오브레임 후작도 그러했다. 말을 하는 것으로 보아서는 지극히 위험한 실험임이 분명하건대 서로 당연하다는 듯이 대화를 나누고 있었기 때문이었다.

프레이저 자작은 나타났을 때와 같이 연기처럼 사라져 갔다.

까드득.

기어코 오브레임 후작의 어금니가 갈리는 소리가 들려왔다. 참을 수 없는 분노가 가슴을 가득 채우고 있었다. 어떻게 풀어야 할지 어떻게 갚아줘야 할지 모를 그런 강력한 분노였다.

"헤밀턴 공작 가문. 반드시 뛰어넘는다."

그는 스스로 그렇게 다짐했다. 헤밀턴 공작 가문을 뛰어넘어 반드시 지금의 치욕을 갚아줄 것이라고 말이다. 그리고 오브레임 후작이 그렇게 위험한 다짐을 하는 동안 크리스티나는 자신이 오라버니를 만나고 있었다.

"요즘 이곳으로의 발걸음 잦구나."

"그런가요. 상황이 상황이니만큼 어쩔 수 없지요."

"무슨 상황 말이더냐."

"가르시아 경이 실패했어요."

"……."

크리스티나의 말에 프라이스의 얼굴에 잔 경련이 일었다.

"어떻게?"

"말보다는 눈으로 보는 것이 나을 듯싶군요."

그녀의 말과 동시에 한쪽 편으로 짙은 어둠이 몰려들더니 종내에는 악마의 눈동자가 생겨나기 시작했다. 그리고 그 악마의 눈동자는 제논과 가르시아 경의 전투를 마치 직접 그 앞에서 보는 것과 같이 보여주고 있었다.

둘의 전투는 그리 오래 가지 않았다. 겨우 10~20분 정도였다. 허나, 그 전투에서 당대의 헤밀턴 공작 가문의 공작의 작위에 오른 프라이스 헤밀턴은 느낄 수 있었다.

'마스터에 버금가는 자다.'

문제의 심각성을 깨닫는 데는 오랜 시간이 필요하지 않았다. 프라이스는 충분히 깨달을 수 있었다. 제논 패트리아스라는 존재가 이 왕국을 장악하는 데 가장 큰 걸림돌이 될 수 있음을 말이다.

"왜 이런 존재를 내가 몰랐지?"

"……."

왜 보고하지 않았느냐는 질책이었다. 자신이 어떻게 이런 굉장한 존재를 모를 수 있느냐는 완곡한 표현이라 할 것이다.

"…나는… 그를 무시했어요."

"…너조차 알 수 없었던 그런 존재였던가?"

크리스티나의 솔직한 답에 프라이스 역시 놀란 반응을 보였다. 그가 공작 가문을 이어받기 전의 둘 사이는 경쟁의 관계라 할 수 있었다. 가장 치열한 경쟁 관계 말이다.

하지만 프라이스는 헤밀턴 공작 가문을 이어 받았다. 경쟁 관계에서 멀어진 것이었다. 그리고 프라이스는 크리스티나가 공작 가문에 마음이 없음을 깨닫고 있었다.

때문에 그 둘은 급속도로 가까워지며 형제로서의 끈끈한 인간적인 관계가 이어지고 있었다. 그러한 상황에서 상대의 능력을 정확하게 판단할 수 있었음에 지금 크리스티나가 한 말이 얼마나 신중하고 어려운 것인지 잘 이해한 프라이스였다.

"문제는 보고를 올리는 2, 3세대 뱀파이어이지요."

크리스티나의 말에 조용히 고개를 주억거리는 프라이스였다. 사실 많은 문제가 제기되고 있었다. 뱀파이어도 3세대고 라이칸 슬로프도 3세대까지 내려갔다.

진혈의 피는 점점 흐려지고 변질되었다. 고귀함은 없어지고 오로지 몬스터로서의 잔인함과 광폭함만이 남았다. 전투력도 떨어졌다. 인간이었다는 점 때문에 이성을 가진 것을 제외하고는 말이다.

"한 번 숨어내야 한다는 말이더냐?"

"어차피 제논 패트리아스라는 존재를 제거해야 해요."

크리스티나의 말에 프라이스의 입가에 잔잔한 미소가 떠올랐다. 크리스티나가 하고자 하는 말이 무엇인지 알겠다는 의미였다.

"괜찮은 방법이로구나."

"더불어 가문의 무도한 식객도 같이 처리할 수 있지 않을까 해요. 실수를 인정하고 머리 한 번 숙이면 어떻게 되든 그들에게 나쁘게 평가되지는 않을 것이니까 말이죠."

연신 고개를 끄덕이는 프라이스였다. 확실히 크리스티나는 뛰어난 머리를 가지고 있었다. 차기 퀸의 자리를 넘볼 만큼 말이다. 만약 그녀가 자신의 형으로, 혹은 남동생으로 태어났더라면 자신은 결코 이 헤밀턴 공작 가문을 이어받지 못했을 것이다.

"허면, 누가 좋을까?"

"그것까지는 제가 관여할 수 없지 않을까요?"

여기서 한발 빼는 크리스트나였다. 그녀는 그저 관망하겠다는 자세였다. 모든 일의 진행은 프라이스가 하는 것이고, 그가 결정하는 것이어야만 실패에 대한 책임을 면할 수 있음을 아는 그녀니까.

그러한 그녀의 속셈을 아는지 프라이스는 살짝 웃어 보였다. 허나, 그의 눈은 절대 웃지 않고 있었다.

"그렇지. 출가외인이 가문의 일에 너무 깊숙이 개입하는 것도 모양새가 좋지 않으니 말이야."

둘은 서로를 보며 웃었다. 그러한 둘의 미소는 상당히 닮아 있었다. 잔인함과 광폭함. 그리고 차가움까지 말이다. 크리스티나는 자리에서 일어났다. 자신이 해야 할 일은 모두 끝이 났기에 말이다.

"아! 그리고 요즘 매제는 어떻게 하고 있더냐?"

"뭔가 꾸미는 것이 있기는 하나 알 수는 없네요."

"그렇더냐? 어쨌든 고맙구나."

"별말을요."

그녀가 검은 연기를 남기며 허공 속으로 사라졌다.

"있는가?"

"하명하십시오."

"알렉산드르 매드베데프 백작과 네버로 헤밀턴 총 기사단장을 들라 하시게."

"명을 받듭니다."

허공에서 울리던 음성이 사라졌다. 프라이스 헤밀턴 공작은 의자에 상체를 깊숙이 묻었다. 무언가 곰곰이 생각하는 모습이었다. 그러다 문득 고개를 들어 집무실의 천정을 바라보았다.

　"괜찮겠지. 이쯤해서 물갈이를 해주는 것도. 아직 우리 가문이 완벽하게 자리를 잡은 것이 아니니 말이야. 너무 급속한 세력 확장은 좋지 않으니."

　그러했다. 헤밀턴 공작 가문은 진혈의 뱀파이어였다. 그런데 진혈 역시 나름의 세력을 가지고 있었다.

　헤밀턴 가문은 진혈에 가장 최근 진입한 가문이라 할 수 있었다. 그러니 당연히 그들을 지지하는 세력 기반이 약했고, 지지 기반을 넓히고 세력을 공고히 하기 위해 2, 3세대 뱀파이어와 라이칸 슬로프를 과도하게 확장시킨 것이 도리어 화가 되어 찾아오고 있었던 것이다.

　크리스티나는 그것을 지적했고, 한 번의 물갈이를 통해 안정적인 세력의 확장과 함께 견고한 지지 기반을 다지라 했다.

　그녀가 이렇게 나서서 제안한 것은, 바로 그녀가 퀸을 노리고 있기 때문이었다. 헤밀턴 공작 가문을 진혈 가문에 탄탄하고 온전하게 진입시키고자 하는 프라이스와, 자신이 퀸이 되었을 때 등 뒤를 탄탄하게 받쳐줄 세력을 만들려 하는 크리스티나의 이해가 완벽히 맞아 떨어졌기 때문에 가능한 일이라 할 수 있었다.

"더불어 그 죽지 않는 괴물도 없애면 더욱 좋고."

그는 그렇게 말하며 만족한 한숨을 내쉬었다. 끝없이 상상하고 생각하고 계획했다. 그러는 동안 집무실 밖에서 소리가 들려왔다.

"메드베데프 백작 각하와 총 기사단장님 드십니다."

"들라 하게."

소르르륵.

그의 말이 끝나기 무섭게 집무실과 통하는 거대한 문이 서서히 열리고 있었다.

그는 조금은 무표정하던 얼굴을 화색이 도는 듯한 모습으로 돌리고 집무실로 들어오는 둘을 맞이했다.

"어서들 오게. 오랜만일세그려."

무뚝뚝한 자신의 동생이자 현재 헤밀턴 공작 가문의 총기사단인 네버로 헤밀턴 백작과, 창백하지만 날렵한 모습을 보이고 있는 알렉산드르 메드베데프 백작이 눈에 들어왔다.

그렇게 헤밀턴 공작 가문이 다시 움직이기 시작한 것은 꿈에도 모른 채 요튠하임이 전투에서 대승을 거둔 드라기 백작은 한껏 고무되어 전후 처리에 바쁜 시간을 보내고 있었다.

"승리를 축하드립니다."

제논은 이미 전투를 승리로 이끌고 그 뒷정리를 하고 있는 드라기 백작에게 말을 전했다. 드라기 백작은 제논의 말에 손사래를 쳤다.

"당치도 않은 말씀을. 패트리아스 백작과 더글라스 후작께서 그들을 감당하지 못했다면 이번 전투는 결코 승리할 수 없었을 것입니다."

기실 그의 말이 틀리지는 않았다.

제논과 더글라스 후작이 아니었다면 이번 전투는 결코 승리할 수 없었을 것이다. 그리고 승리에 대한 축하는 자신이 아닌 바로 제논이 받아야 함을 잘 알고 있었다.

자신은 연합군을 지휘하는 사령관일 뿐, 영지전을 주도하는 것이 아니니까 말이다.

어디까지나 이 영지전은 패트리아스 백작 가문에 대한 것이었으니까.

"헌데, 소식 들으셨습니까?"

"무슨 소식 말입니까?"

전혀 알지 못하는 표정을 지어 보이는 제논의 모습에 드라기 백작은 조금 걱정이 된다는 표정으로 입을 열었다.

"프라네리온 백작의 종적이 묘연하다고 합니다."

"무슨……."

왠지 모르게 불길함을 느낀 제논이었다. 클라렌스와 헤어진 지 겨우 3일. 순간 제논은 수없이 많은 상념이 한꺼번에 자신의 뇌리에 떠오르는 것을 깨달았다.

"어제 늦은 밤에 연락이 왔는데… 프라네리온 백작이 자리를 비우셨다고 합니다."

"말도 없이 말입니까?"

"그렇습니다."

불안한 느낌이 점점 현실화되고 있었다. 그동안 가졌던 불안감이란 바로 클라렌스 깊숙이 숨어 있는 레드 드래곤 카르베이너스의 사념이었다.

그는 레드 드래곤이지만 또한 마지막 드래곤 로드였다. 통상적으로 로드의 자리에는 드래곤 중 가장 현명하다던 골드 드래곤이 오르나, 어찌된 연유인지 레드 드래곤인 카르베이너스가 마지막 로드의 자리에 올랐다.

로드의 자리는 결코 무력이 강하다고 해서 오를 수 있는 것이 아니었음에도 카르베이너스가 로드의 자리에 올랐다는 것은, 혹은 거의 5천 년에 가깝게 로드로 있었다는 것은 상당히 많은 것을 시사한다.

그리고 제논은 그러한 능력을 결코 간과하지 않았다. 가장 결정적으로 그는 인간을 사랑했고, 그 사랑으로 인해 폭주를 한 드래곤이었다는 것이다. 그는 순수한 것이 아닌, 어찌 보면 지극히 간교한 드래곤이라 할 수 있었고, 가장 인간적인 드래곤이라 할 수 있었다.

인간을 가장 닮고자 하는 드래곤. 그것이 과연 무엇을 의미하는 것인가? 모든 것을 클라렌스에게 넘겼음에도 불구하고 그녀의 깊고 깊은 곳에 자리하고 있는 그의 광대한 사념은 대체 무엇을 의미하는 것인가?

그때는 그저 단순하게 넘어갔다. 그것 역시 클라렌스에게 흡수될 것이라는 생각에서 말이다. 허나 그 사념체는 흡수되지 않았다. 아니, 오히려 그 세력을 더욱더 확장하고 있었다.

언젠가는 그녀에게 그것을 말해주려 했다. 허나, 그동안 어떠한 활동도 하지 않고 어떠한 조짐조차 보이지 않았던 그 사념체에 대해 뭐라 할 수 없었다. 그렇게 제논은 그 사념체에 대하여 까마득하게 잊고 있었다.

그러다 지금 다시 그 사념체가 생각났다. 갑자기 왜 그 사념체가 생각난 것일까? 그것 때문에 왠지 모를 불안감에 젖어든 제논이었다.

"당분간은… 그들이 투입되지 않을 것입니다. 약간의 여유가 있겠지요. 그동안 전투를 부탁드립니다."

제논은 곁에 있던 더글라스 후작을 바라보며 말을 했다. 그에 더글라스 후작은 그저 고개를 끄덕일 뿐이었다. 앞뒤 사정을 모르니 제논이 그렇다면 그런 것이었다.

"그리고 잠시 자리를 비우겠습니다."

"그러도록 하십시오."

제논의 얼굴이 딱딱하게 변한 상태로 입을 열자 상황이 그리 녹록치 않다는 것을 느낀 드라기 백작은 두말없이 승낙했다.

드라기 백작은 프라네리온 백작에 대해서 어느 정도 알고 있었다. 그녀가 최소 7서클 이상의 마법사라는 것을 말이다. 현재 대륙에서 그녀를 어찌 할 수 있는 인간은 없다는 것도 알고, 아무리 대륙 3대 어쎄신이 그녀를 노려도 결코 쉽지 않을 것이라는 것도 알고 있었다.

그러한 그녀가 말도 없이 사라지고, 무엇이 이상한지 안색을 딱딱하게 굳히는 제논의 표정으로 볼 때 지금의 상황이 정상적이지만은 않다는 것을 느낀 것이었다.

"그럼."

그들이 보는 자리에서 제논의 신형이 신기루가 사라지듯 사라졌다. 그리고 제논이 나타난 곳은 진영의 까마득한 상공.

파아앙!

제논의 신형은 공간이 찢어지는 듯한 소리를 낸 후 또다시 사라졌다. 그의 신형은 순식간에 하나의 점이 되어버렸다. 눈으로 보고도 믿을 수 없을 정도의 속도임에 분명했다.

"허어~ 사람이 아니구만."

더글라스 후작은 그러한 제논의 모습을 보더니 감탄성을

내뱉고 있었다. 하늘을 나는 것은 인간의 꿈이라 할 수 있었다. 그래서 하늘을 나는 마법을 가진 마법사를 동경하는지도 몰랐다.

그런데 그런 행동을 아주 자연스럽게 펼치는 제논의 모습에 부러움, 놀람, 또는 감탄의 감정을 담을 수밖에 없었다.

"이젠… 놀랍지도 않습니다."

감탄하는 더글라스 후작의 옆에 있던 드라기 백작은 이제는 놀랄 힘도 없다는 듯이 담담하게 말을 하고 있었다. 하늘을 보던 더글라스 후작은 그런 드라기 백작을 바라보며 웃음을 지었다.

그는 웃고 있다고는 하나 그것을 웃음으로 보는 이는 결코 드물었다. 그저 나직하게 으르렁거리는 것 같은 그런 모습일 뿐이었다. 드라기 백작은 어깨를 으쓱해 보이며 다시 자신의 업무에 집중했다.

더글라스 후작은 그런 드라기 백작을 일별하고 뒷짐을 진 채 제논이 사라진 방향의 하늘을 바라볼 뿐이었다. 서서히 어둠이 물러나고 새벽이 다가오고 있었다.

제논은 지금 조금은 조급하게 신형을 움직이고 있었다. 자신이 다급하다고 느낄 그런 순간은 별로 없을 것이라고 생각했지만 지금 이 순간은 정말 마음의 여유가 느껴지지 않고 있었다.

그렇게 빠르게 이동하여 겨우 두 시간 정도 만에 요툰하임에서 영중성까지 돌파한 제논이었다. 그리고 그대로 자신의 집무실로 향했다. 자신의 집무실에 도착한 제논은 책상 위에 어지럽게 놓여 있는 서류를 바라보았다.

채 다 정리되지 않은 서류들. 대부분의 서류는 모두 결재가 끝났거나 훑어본 것 같은 그런 모양새였다. 그가 집무실에 들어오고 어느 정도의 시간이 흐른 후에야 베컴 집사장이 집무실에 모습을 드러냈다.

"부르시지 않고요."

깔끔하게 빗어 넘긴 머리와 깔끔하게 정돈된 베컴 집사장의 왼손에는 어느새 은색의 쟁반과 물이 올려져 있었다. 그가 늦은 이유일 것이다.

"클라렌스가 사라졌다고요?"

"아! 그 보고 받으셨군요."

"언제인가요?"

"이틀 전 새벽녘에 알았습니다."

아마도 베컴 집사장은 언제나 그랬듯 같은 시각에 이곳 집무실에 들렀을 것이다. 클라렌스 역시 같은 시각에 이곳에 있었고 말이다.

"어떤 다른 전언이나 행동은 없었나요."

"전혀!"

"음. 알겠습니다."

베컴 집사장은 잠시 서 있다 쟁반 위에 올려져 있던 컵을 책상 위에 올려놓고 몸을 돌려 집무실을 벗어났다. 자신이 해 줄 수 있는 것이 없었기 때문이었다.

제논은 집무실을 둘러보았다. 아무것도 변한 것은 없었다. 마치 자신이 전혀 자리를 비우지 않은 것처럼 그대로 유지하고 있었다. 몇몇 서류를 제외하고 대부분의 서류는 이미 결재가 완료된 상태였다.

몇몇의 서류가 서로 다른 모습으로 펼쳐져 있었으나 상당히 가지런하여 전혀 어지럽게 널려 있지 않았다. 평소 그녀의 성격대로 말이다.

전혀 이상한 점을 찾을 수 없었다.

'그런데 이 답답함은 대체 무엇이란 말인가?'

답답했다. 그녀를 어찌 할 수 있는 요소는 없었다. 설사 드래곤이 살아 돌아온다 해도 레드 드래곤 카르베이너스의 진전을 이은 그녀를 어찌할 수는 없었다.

그녀를 믿었다. 하지만 믿는 만큼 자꾸 불안감이 찾아들었다.

마치 그녀가 멀리 자신의 손이 닿지 않는 곳으로 날아가 다시는 바라볼 수도 찾을 수도 없을 것 같았다.

제논은 우두커니 집무실 책상을 내려다볼 뿐이었다. 어떤 생각을 하는 것이 아닌 그저 멍한 모습이었다. 4대 정령, 그것도 최상급과 정령왕까지 소환할 수 있을 정도의 막강한 정신력을 가진 그가 멍한 상태가 된다는 것은 결코 흔하지 않은 일이었다.

세상을 밝게 비추던 태양이 서서히 저물어가기 시작했다. 붉은 태양이 이제 마지막 안간힘을 쓰고 있었고, 짧았던 제논의 그림자는 점점 길어지면서 종내에는 자신의 그림자인지 아니면 집무실의 그림자인지 분간이 안 될 정도였다.

그리고 달이 떠올랐다. 제논이 있는 집무실에는 촛불조차 켜지지 않았다. 그에게 혼자만의 시간이 필요함을 알기에 베컴 집사장이 엄명을 내린 것일 게다.

그러다 문득 제논은 한쪽 면 전체를 차지하고 있는 창가로 다가가 푸른 달빛이 비추는 창문을 열어 젖혔다. 차가운 늦가을의 공기가 폐부 깊숙이 파고들었다.

스르르르.

제논의 신형이 허공에 떠올라 창문을 통해 영주성의 첨탑으로 향했다. 마치 무엇에 이끌리듯 첨탑의 꼭대기에 발을 디딘 제논이었다. 익숙한 곳이었다. 가끔 찾아 세상을 바라보며 생각을 정리하던 곳이니 말이다.

문득 이곳은 자신만이 아닌 클라렌스 역시 자주 애용하던 그런 공간이라는 것을 알 수 있었다. 이곳에서 종종 네 계절에 따라 달라지는 달을 보며 대화를 했기에 말이다.

'정령 빙의(Elemental Possession), 노움(Gnóme), 대지의 기억(Memory of Earth).'

허나, 읽히지 않았다. 아무것도 읽히지 않을 수는 없었다. 대지라는 존재 자체가 그러한 것이니 말이다. 제논은 즉시 알 수 있었다. 최하급 대지의 정령이 읽지 못할 정도로 대단한 존재가 이곳의 기억을 삭제했음을 말이다.

'정령 빙의(Elemental Possession), 노이아넨(Gnoeanenn), 대지의 기억(Memory of Earth).'

그렇다고 포기할 제논이 아니었다. 최상급 대지의 정령을 빙의시켰다. 지워지고 억제된 대지의 기억을 복원시키고 읽어내기 시작했다. 그리고 그는 알 수 있었다.

'뱀파이어 퀸! 그리고 이건… 사념체의 부활!'

제논의 얼굴이 딱딱하게 굳어졌다. 정령으로 대지의 기억을 통해 클라렌스의 상태를 느낌에도 불구하고 드래곤의 사념체는 막대한 존재감을 드러내었다. 뱀파이어 퀸조차 그 사념체 앞에서 제대로 반응하지 못할 정도로 말이다.

단순한 사념체의 부활이라면 별로 걱정하지 않을 것이다. 허나 클라렌스의 내면 깊숙이 존재하는 것은 드래곤 로드의 사념체. 인간으로서 감당할 수 없는 존재라 할 수 있었다.

물론, 클라렌스는 제논이 있었기에 최초 사념체가 그녀의 정신에 안착했을 때 온전하게 인간의 정신을 가질 수 있었다.

물론 그 또한 미봉책이라 할 수 있었다. 완전히 없어지지 않았고, 클라렌스의 정신 깊숙한 곳에 잔류하고 있었으니 말이다.

허나 그것만으로 충분하다고 생각했다. 드래곤의 모든 것을 물려받으며 클라렌스 자신의 정신력 역시 깊어지고 강대해졌으니 말이다.

사념체가 아무리 강대하다 하나 사념체를 담는 그릇이 오랫동안 삶을 유지하고, 강한 정신력을 지닌 존재라면 결코 사념체에 점령당하지 않을 것이다. 시간이 조금 걸리기는 하겠지만 그녀는 온전하게 돌아올 것이다.

그런데 뱀파이어 퀸과 사념체와의 대화에서 제논은 묘하게 훗날을 기약할 것 같은, 마치 계획의 일부를 알려주는 듯한 내용을 들을 수 있었다.

마치 이 모든 것을 계획한 것 같은 레드 드래곤의 말 때문이었다. 어떻게 보면 그저 간단하게 흘러버릴 수 있는 그런 말이었다.

그것은 바로 잊혀진 존재의 귀환이라는 단어였다.

레드 드래곤 카르베이너스는 진정 지금의 상황에 대하여 알고 있었을까? 이런 상황이 올 것이라는 생각을 했을까? 그렇지 않았다면 어떻게 뱀파이어 퀸이라는 존재가 드러나자마자 마치 경고처럼 잊혀진 존재의 귀환을 언급한단 말인가?

끝없이 이어지는 제논의 생각이었다. 한 번 잠겨들자 날이 새고 또 저물기가 몇 번 반복될 때까지 계속되는 제논의 생각이었다. 결코 헤어날 것 같지 않은 깊고 깊은 생각.

그리고 어느 날 첨탑의 한가운데에서 눈을 감고 조용히 생각에 잠겨 있던 제논의 눈이 슬며시 떠졌다. 마치 오랫동안 참 잘 잤다는 그런 표정으로 말이다.

그리고 잠시 고민에 빠졌다. 그는 어디를 먼저 추적해야 할지 고민하고 있었다. 사념체를 쫓을 것인가 아니면 뱀파이어 퀸을 쫓을 것이냐에 대한 고민이었다.

사념체는 지금 당장 위협이 되지는 않고 있었다. 실제 사념체이 계획이 어떠한 것인지 몰라도 그리 나쁜 방향은 아닐 것 같다는 생각이 들었다. 그러나 뱀파이어 퀸은 그렇지 않았다.

이내 그는 결심했다.

'정령소환(Summon Elemental), 실라이론(Syllairon), 노에스(Gnoss), 추적(Chase).'

제논은 바람의 상급 정령과 대지의 상급 정령을 소환하여 추적을 명했다. 뱀파이어 퀸과 클라렌스 말이다. 아무리 뱀파이어 퀸과 레드 드래곤 카르베이너스의 사념체가 종적을 감추었다고 해도 바람과 대지의 상급 정령을 따돌릴 수는 없으리라.

바람을 따라 움직였고, 대지의 숨을 따라 움직였다. 조금의 머뭇거림도 없이 움직였으며, 한 번의 쉼도 없었다.

'흡! 역소환? 대체 왜?'

허나, 레드 드래곤 카르베이너스를 쫓던 대지의 정령은 이내 어떤 현상에 의해 소환이 해제되어 버렸다. 그에 제논은 비릿한 혈향을 삼켜야만 했다. 상급 정령의 역소환은 그만큼 정신력의 타격이 컸고 그것은 곧 육체와 직결되기 때문이었다.

제논이 최상급을 넘어 정령왕을 소환할 정도의 대단한 정령사이기에 망정이지, 그렇지 않았다면 제논은 아마도 피를 토하고 그 자리에서 혼절했을 것이다.

제논은 답답하다는 듯 눈살을 찌푸렸다. 아무리 역소환을 당한다 해도 마지막 순간 역시 자신의 눈앞에서 펼쳐지듯 알 수 있어야만 했다. 허나 아무것도 보고 느낄 수 없었다.

'단순한 사념체가 아니라는 것인가?'

어찌해야 할지 감이 잡히지 않았다. 드래곤의 사념체가 그저 잔상으로 남는 단순한 존재가 아닌 의도적으로 남도록 만들어진 사념체라는 것을 깨달은 제논이었다.

'허나 시간이 없다.'

제논은 눈살을 잔뜩 찌푸린 채 대지의 상급 정령이 역소환된 방향을 안타까운 눈동자로 바라보았다. 아래로 축 늘어뜨려진 그의 어깨는 잔뜩 웅크려져 있었다.

이내 제논은 바람의 상급 정령이 자취를 남긴 곳으로 신형을 돌려세웠다. 그러다 다시 제논의 시선이 뒤를 한 번 돌아보았다.

"미안하다⋯⋯."

그의 목소리가 허공을 맴돌았다. 그의 말이 허공에 흩어졌을 때 그의 신형은 이미 그곳에 있지 않았음에 빈 허공에 목소리만 남아 맴돌 뿐이었다. 다시 적막해진 영주성의 첨탑.

그가 사라진 후 또 다른 인영이 제논이 사라진 장소에 모습을 드러냈다. 그는, 아니, 그녀는 다름 아닌 클라렌스였다. 제논의 이목을 속이고 공간 속에 있던 그녀가 모습을 드러낸 것이었다.

"보아라. 그에게 있어 너는 그런 존재이다."

클라렌스의 목소리.

그것은 약간 이질적으로 흘러나오고 있었다. 남성적이면서도 여성적인, 뭔가 중성적인 목소리였다. 도무지 성별의 구분이 가지 않는 음성이었다.

"나는 분명 들었습니다. 그는 나에게 미안하다 했습니다."

이번에는 곱디고운 여인의 목소리였다. 어찌 한 몸에 두 목소리가 존재한단 말인가? 허나, 어찌 생각하면 가능할지도 몰랐다. 본신은 클라렌스 프라네리온이었지만 그녀의 심연 깊숙한 곳에는 레드 드래곤 카르베이너스가 존재했으니 말이다.

"그 말을 믿는 것이더냐?"

"믿지 않을 이유가 있습니까?"

"의도적이라 생각하지 않느냐?"

한 입에서 두 목소리가 대화를 시작하고 있었다. 묻고 답하기가 반복되었다.

"그는 저의 존재를 느끼지 못했습니다."

"그가 몰랐다고 생각하느냐?"

"그렇습니다."

"어찌 그리 확신하느냐?"

"그는 그런 사람이기 때문입니다."

"……."

중성적인 목소리의 물음에 클라렌스는 확고부동하게 답을 했다. 그녀의 그런 확신에 중성적인 목소리는 잠시 입을 다물었다. 예상치 못한 답에 당황하고 있음이 분명하였다.

"나 또한 과거에 그러하였다."

"알고 있습니다."

"허나 나는 사랑을 이용당하였고, 믿음을 배신당하였다."

"알고 있습니다."

"너는 어떠하더냐?"

"사랑이 날 속이고, 믿음이 날 배신한다 할지라도 나는 오로지 하나의 생각만 가지고 있습니다. 그리고 그가 날 먼저 찾아왔다면 저는 오히려 그에 대해 실망했을 것입니다."

"......."

자신 속에 내재된 또 다른 존재와 대화가 중단되었다. 그녀의 확고부동한 태도는 어떠한 틈조차 찾아볼 수 없었기 때문이었다. 중성적인 목소리. 그것은 바로 레드 드래곤 카르베이너스의 사념체였다.

드래곤이라는 강대한 존재의 사념체는 분명 인간이 감당하기에 어려운 그런 존재인 것은 분명하였다. 허나, 사념체가 온전하게 자리 잡기 위해서는 인간의 나약한 정신의 틈을 파고들어야만 했다.

'이 확고부동한 믿음은 대체 무엇이란 말인가?'

레드 드래곤 카르베이너스의 사념체는 당황스러웠다. 자신의 경험에 의하면 어떠한 인간도 클라렌스와 같은 확고부동한 믿음을 가지지 못했다. 그는 끊임없이 배신당했고, 끊임없이 이용했다.

인간을 사랑한 것조차도 어쩌면 인간을 이용하기 위한 것일지도 몰랐다. 드래곤이란 존재는 지극히 개인적이다. 바로 옆에서 드래곤이 죽어간다 할지라도 이성적으로 객관적이지 못하다면 그것으로 끝인 존재가 바로 드래곤이었다.

과거 카르베이너스는 인간을 연구했다. 가장 나약한 존재인 인간이 어찌해서 가장 오래도록 살아남는 것인지에 대해서 궁금했기 때문이다. 그래서 인간의 감정을 가져보려 했고, 그렇게 인간을 연구했다.

그리고 배신당하는 마지막 순간 그는 깨달을 수 있었다. 인간이라는 존재에 대해서 말이다. 인간은 한마디로 스스로 경쟁을 하고 파멸시키며 발전해 나가는 존재였다.

사랑도 그러했고, 권력도 그러했으며, 우정도 그러하였다. 그래서 카르베이너스는 마침내 인간을 지극히 이기적인 존재라는 개념으로 정리하였고, 그 이기적인 욕망을 채우기 위해 사랑을 하고, 권력을 쥐고, 전쟁을 한다고 결론지었다.

헌데, 오늘은 그러한 자신의 오랜 연구의 결과의 범주에 없는 존재가 나타남에 어찌 정리해야 할지 난감해하는 것이었다. 만약, 사념체가 아닌 본신이었다면 조금은 달랐을지도 모르지만 현재는 사념체이니까.

"심연에서 모습을 드러내신 연유는 바로 잊혀진 존재를 찾아내기 위한 것이 아니었습니까?"

클라렌스가 물었다. 그에 사념체는 퍼뜩 정신을 차릴 수밖에 없었다. 깊고 깊은 심연에서 사념체가 드러날 수 있었던 것은 그녀가 인정을 했기 때문이었다.

그 인정은 바로 제논에게 도움을 줄 수 있는 세력. 즉, 잊혀진 존재에 대한 것이었다. 그녀는 그것을 정확히 알고 있었다. 그녀의 정신은 여전히 건재했다. 무너지지 않았고, 자신의 육체에 대한 주도권을 여전히 가지고 있었다.

즉, 사념체가 그녀의 정신을 장악하는 것은 실패한 것이었다. 때문에 사념체는 자신의 모든 계획을 수정할 수밖에 없었다. 그리고 그 수정 속에서 새로운 계획이 만들어지고 있었다.

"정북으로 한 달을 달려야 할 것이다."

"알겠습니다."

더 이상 어떠한 말도 없었다. 그녀는 정북 방향으로 곧바로 달려 나가기 시작했다. 그녀의 마법은 너무나도 자연스러웠다. 마치 그동안 억제하고 있던 모든 빗장이 풀려 나간 것처럼 말이다.

'내가… 잘못 판단한 것인가?'

다시 깊고 깊은 심연 속에 모습을 감추는 사념체는 그리 생각하였다. 인간에 대한 판단이 유보되고 있었다. 또한, 자신이 세운 모든 것을 지우고 새로 계획해야만 했다.

'인간이란… 알면 알수록 더욱 모르겠구나. 인간의 모든 것을 파악했다 생각했거늘.'

그러했다. 수백 년 동안 인간을 관찰하고 연구한 결과 모든 인간을 파악했다 생각했다.

허나, 아니었다. 새로운 유형이 나타났으니까 말이다. 레
드 드래곤 카르베이너의 사념체는 깊고 깊은 심연에 다시 침
잠해 들었다.

Chapter 06

클라렌스가 사라지는 반대 방향으로 진행하던 제논의 신형이 잠시 움찔했다. 뭔가 남겨두고 온 것 같은 그런 느낌이었다. 제논은 뒤를 돌아보았다. 아무것도 없었다.

오로지 울긋불긋 세상을 수놓고 있는 대자연의 아름다움과 시퍼런 하늘만이 존재할 뿐이었다. 그러함에도 어떤 아쉬움이 발걸음을 붙잡고 있었다. 제논에게 있어서 지극히 드문 일이었고, 그러하기 조금은 당황스러웠다.

잠시 고민했다. 허나 알 수 없었다. 이 정체 모를 아쉬움이 왜 찾아오는 것인지 말이다. 제논은 상념을 접고 다시 신형을 돌려 앞으로 나가기 시작했다. 그리고 불현듯 찾아오는 강렬한 어떤 것이 있었다.

'나를 부르는가?'

이것은 경험한 적이 있었다. 바로 더글라스 후작이 자신을 찾을 때였다. 하지만 지금은 조금 달랐다. 더글라스 후작이 순수한, 혹은 투지에 가득 찬 부름이었다면 지금 자신을 찾아오는 이 미세한 기운은 가늘고 끈적거렸으며 무언가 강렬한 욕망에 가득 차 있었다.

제논은 빠르게 움직이던 조금 전과는 달리 아주 느릿하게 걸었다. 마치 경관을 구경하듯 사방을 눌러보며 짐짓 감탄을 내뱉기도 하였다. 누구를 찾아간다거나 혹은 하늘을 불법으로 점유하고 있는 것으로 보이지는 않았다.

제논은 상급 바람의 정령을 해제시켰다. 그리고 자신을 향해 마치 길을 인도하듯 길고 끈적하게 달라붙는 무엇을 쫓았다.

제논은 궁금하지 않았다. 이것이 누구의 것인지 알 수 있었기 때문이었다.

그리고 그러한 예측은 정확하게 들어맞았다. 자신을 향해 길을 인도하던 무엇의 끝에는 예의 한 명의 존재가 있었다. 아니, 두 명의 존재라 할 것이다. 보이지는 않으나 결코 제논의 이목을 속일 수 있는 존재는 없었으니 말이다.

제논의 신형이 서서히 하강하면서 자신을 인도한 존재 앞으로 내려서고 있었다.

그러한 그를 말없이 지켜보는 이.

그녀는 바로 뱀파이어 퀸 에르체르트 바토리였다. 그리고 그녀의 그림자 속에는 그녀를 위한 존재인 제이슨이 숨을 죽이고 있었다. 그녀의 그림자가 꿈틀거렸다.

그녀의 그림자 속에 녹아들어 있던 제이슨이 꿈틀거린 것이다. 제이슨은 본능적으로 지금 자신의 주군 앞으로 다가오는 사내가 위험하다는 것을 느끼고 있었다.

"기다리고 있었다. 필멸자여."

그때 퀸의 입이 열렸다. 제논은 그녀를 바라보았다. 왜 자신을 기다린 것인가? 알 수 없었다. 지금 자신의 목적이 뱀파이어라는 것을 알고 있는 그녀가 왜? 하지만 제논은 오른손에 쥐고 늘어뜨렸던 창을 돌려 등 뒤에 메었다.

상대가 공격 의사가 없는 것을 느꼈기 때문이다. 그러한 제논의 일련의 행동에 퀸은 미묘한 미소를 떠올렸다.

'확실히 대화할 만한 인물이로구나.'

아무런 대화가 없었음에도 상대의 의도를 정확하게 파악한다는 것은 결코 쉬운 일이 아니다. 허나, 제논은 퀸의 의도를 정확하게 파악하고 있었다. 그녀는 대화를 위해 이 자리를 마련했지, 싸우려 이 자리를 마련한 것이 아니었다.

최초 드래곤의 사념체를 접한 퀸은 혼란스러운 상황에 그저 아무 생각 없이 달과 구름 속을 거닐었다. 그러다 그녀는 문득 자신이 너무 과하게 드래곤의 사념체를 대한 것이 아닌가 생각했다.

드래곤에 대한 두려움은 이성적인 그녀의 신경체계 자체를 망가뜨렸을 정도이니까 말이다. 그러다 드래곤의 사념체에 대한 존재감이 사라지자 그녀는 퍼뜩 정신을 차렸다.

그녀는 탄식했다.

자신은 밤의 일족인 뱀파이어들의 여왕이었다. 그러한 자신이 아무리 드래곤이라 하지만 사념체에 불과한 존재에 놀라 꽁무니를 뺀 것이 지극히 부끄럽게 여겨졌다.

사념체는 사념체일 뿐, 그 이상도 이하도 아니었다. 그것이 정설이겠으나 실제 사념체로부터 느낀 공포심과 압박감은 실로 대단하였다. 사념체가 아닌 드래곤의 환생이라 해도 과언이 아닐 정도로 말이다.

그것을 깨닫게 되었을 때 퀸은 더 이상 도망칠 수 없었다. 무언가 대단한 공포감에 젖어 드래곤을 만났던 곳을 벗어나기만 고대했으나 어느새 그녀는 지극히 이성적인 상태로 돌아와 있었다.

"퀸이시여, 어이하여?"

"그를 기다린다."

"그라 하심은……."

"……."

제이슨의 물음에 답을 하지 않는 퀸이었다. 대신 그저 하늘을 바라볼 뿐이었다. 냉막하게 굳어져 있던 그녀의 얼굴에 다시 퇴폐적으로 달콤한 미소가 매달렸다.

"나의 실수를 만회해야 하지 않겠느냐?"

그녀는 실수라 했다. 허나, 제이슨은 불가항력적인 상황이라고 강변하고 싶었다. 도대체 누가 있어 드래곤의 존체 앞에서 공포에 젖지 않을 수 있겠는가?

그들은 과거 중간자의 조율자라 불렸었다. 그들이 선의의 편이거나 혹은 악의의 편이거나 하지는 않았으나 세상을 조율하는 그런 존재였다. 엄격히 말해 어디에도 소속되지 않았으나 선에 가까운 쪽이라 할 것이었다.

때문에 어둠의 일부인 혹은 어둠의 귀족들이라 불려지는 자신들은 드래곤을 두려워했다. 이름을 듣는 것도, 입에 그 존재를 담는 것도 두려워했다. 그러한 존재가 다시 현세했으니 어찌 두렵지 않은가 말이다. 그런데 퀸은 그것을 실수라 했다.

"어찌하여 그가 현세했는지 모르나 드래곤은… 불가항력입니다."

제이슨의 답에 퀸은 그윽하게 그를 바라보았다. 허나, 그녀는 제이슨을 탓하지 않았다. 그 존재감은 분명 드래곤의 존재감이었으니 말이다. 대륙의 역사만큼 오랫동안 살아온 그녀조차도 처음엔 드래곤의 현세라 믿었으니 말이다.

"그가, 아니, 그녀인가? 어찌 되었든 그가 진정 드래곤이라 생각느냐?"

"무슨… 그는 분명 드래곤이었습니다."

"드래곤을 본 적 있더냐?"

"……없습니다."

"나는 본 적 있다. 경험한 적 있다."

"……."

그녀는 지금 자신이 본 것은 드래곤이 아니라고 강변하고 있었다. 제이슨은 인정할 수 없었다. 자신은 분명 드래곤을 본 적도, 경험한 적도 없지만 피부를 통해 느껴지는 존재는 분명 드래곤이었다.

숨을 쉴 수 없을 정도의 답답함. 그리고 모든 것을 꿰뚫을 것 같은 붉은 눈동자와 말 한마디, 한마디에 맺힌 의지의 견고함은 드래곤의 용언이라 할 수 있었다.

분명 제이슨은 솜털이 곤두서고, 머리가 어질해지며 등줄기를 타고 계곡의 물처럼 흐르는 긴장감과 식은땀을 경험했다. 헌데 그 모든 것이 거짓이라 말하고 있는 퀸이었다.

"우리의 전능함에는 마리오네트라는 것이 있다."

"허나, 그것과는 전혀 달랐습니다. 퀸이시여."

"분명 그러할 것이다. 나조차 그를 드래곤이라 생각했으니 말이다. 허나, 분명한 것은 그는 드래곤이 아니라 드래곤의 사념체일 뿐이라는 것이다."

"사념체입니까?"

"그러하다."

퀸의 말에 제이슨은 입을 벌릴 수밖에 없었다. 어찌 겨우 사념체에 불과한 것이 그리도 막강한 존재감을 드러낼 수 있다는 말인가? 도저히 이해할 수 없었으나 제이슨 그녀의 말을 억지로라도 믿었다.

그녀는 그에게 있어서 그런 존재이니까 말이다. 그녀가 그렇다면 그런 것이다. 자신은 그녀가 내뱉은 말에 대해서 어떤 생각을 가질 수 있는 존재가 아니었다.

"허면, 그를 기다리시는 것입니까?"

"아니다."

"허면?"

"사랑한 이를 기다리고자 한다."

연인이라 하겠다. 허나, 제이슨이 조사한 바로 그녀에게는 연인이 없었다. 생각해 보면 제논 패트리아스 백작일 가능성이 있기는 하지만 결코 연인이라 할 수 없었다.

그저 과거에서부터 존재한 인연과 그녀를 죽음으로부터

건져 올려준 그 은혜로 곁에 머물고 있는 그런 관계였을 뿐이었다. 때문에 제이슨은 의혹에 찬 얼굴이 될 수밖에 없었다.

그러한 제이슨의 얼굴을 바라보던 퀸은 의미심장하게 미소를 떠올렸다. 제이슨은 퀸의 미소를 바라보았고, 일순간 몽롱해졌다. 수없이 많은 시간을 함께했건만 여전히 퀸의 미소에 무방비 상태가 되어버리는 제이슨이었다.

"느껴지지 않는가?"

"무엇이 말입니까?"

"세상에 전해지는 이 비통함과 안타까움이 말이다."

"……."

"나는 안다. 이런 유의 비통함과 안타까움은 결코 연인이 아니고서는 가질 수 없음을 말이다. 이런 고통을 알고 있는 자는 결코 포기라는 말이 존재하지 않음을 말이다."

그녀가 그렇다면 그런 것이다. 그녀는 인간일 적 사랑의 비통함을 직접 겪었던 존재이니까 말이다. 제이슨은 이루어지지 않는 사랑의 비통함을 알지 못한다.

그저 지금 이 순간순간이 행복했기에. 자신이 바라보는 그녀 옆에 자리하고 있는 것만으로도 그는 사랑을 이루었기 때문에. 물론, 그러한 그의 마음을 교묘하게 이용하고 있는지도 모를 퀸이지만 말이다.

퀸의 시선은 이미 제이슨에게 향해 있지 않았다. 이미 그녀의 관심으로부터 제이슨은 사라진 지 오래였다.

"재스민을 마시고 싶구나."

"준비하겠습니다."

퀸의 말을 받아 제이슨이 재스민 차를 준비하는 동안 제논이 도착했다. 그녀의 앞에 선 제논. 그러한 제논을 보며 전신을 가늘게 떠는 제이슨. 차를 준비 중이었던 그의 손이 불현듯 불끈 쥐어졌다.

드래곤의 사념체를 만났을 때와는 전혀 다른 유의 두려움이었다. 이제는 완전히 드래곤의 사념체라 인정해 버린 존재가 도저히 넘을 수 없는 그런 벽처럼 강압적인 두려움을 주었다면 이것은 전사의 피를 자극하는 지극히 호기로운 두려움이었다.

도저히 자신은 넘볼 수 없는, 그런 끝도 없이 강함을 안다. 그런데도 묘하게 마음을 자극하여 그에게 무모한 도전을 하도록 강요하는 그런 두려움이었다.

제이슨 지금 이 순간 자신이 마치 한 마리의 부나방이 된 것 같았다. 자신이 죽을 줄 알면서도 불을 향해 돌진한다. 그리고 한순간에 불과 함께 불꽃이 되고 연기가 되어 사그라져 버리는 그런 부나방 말이다.

"제이슨!"

그때 제이슨의 뇌리에 물렁하도록 들려오는 들쩍지근한

목소리. 날카롭지도, 혹은 경쾌하지도 않았다. 하지만 그 목소리로 인해 제이슨은 정신을 차릴 수 있었다.

"죄, 죄송합니다."

퀸은 그러한 제이슨을 그저 한 번 흘겨볼 뿐이었다. 그녀에게 있어 분노의 표출은 있을 수 없었다. 그녀는 분노해도 웃었고, 슬퍼도 웃었으며, 죽을 것 같은 공포 속에서도 웃었다.

"손님을 두고 실례를 했군."

"......."

퀸의 달콤한 목소리에도 불구하고 제논의 표정은 없었다. 마치 천 년 바위를 앞에 두고 있는 듯한 제논의 모습에 퀸은 내심 감탄을 했다.

그녀는 자신이 아름답다는 것을 안다. 자신의 아름다움에는 인간이든 동족이든 간에 달콤하면서도 치명적인 유혹이 깔려 있었다. 상대를 현혹하고 마음을 풀어버리는 그런 아름다움이었다.

그런데 제논은 그러한 아름다움 앞에서도 무척이나 담담한 모습을 보여주고 있었다.

"처음이로군. 아니, 두 번째인가?"

"......?"

제논이 그녀를 직시했다. 그녀의 얼굴에는 달콤한 미소가 매달렸고 시선은 제논의 눈동자를 향하고 있었다.

"드래곤을 만난 이후 나의 아름다움에 취하지 않은 자는 이(異) 종족으로서 그대가 두 번째이다. 드래곤이야 그 강대한 정신력으로 인해 아름다움으로 현혹시킨다는 것이 불가능할 것이나, 인간인 그대가 나의 시선을 담담히 받아낸다는 것이 말이다."

"……."

붉고 유혹적인 입술을 움직여 달달한 목소리로 말을 함에도 그저 빤히 그녀를 주시하는 제논이었다. 그리고 그녀의 앞에 차려진 작은 찻잔을 바라보았다.

"앉아도 되나?"

"아! 물론!"

퀸은 흥미롭고 재미있었다. 남자든 여자든 늙었든 젊었든 칭찬에는 결코 강자가 없는 법이다. 그런데 이 대단한 인간은 눈을 멀게 할 것 같은 자신의 아름다움을 보고도 그저 한다는 말이 저따위였다.

"감히!"

그러한 제논의 태도에 오히려 분노를 표출하는 것은 제이슨이었다. 그는 참을 수 없었다. 어찌 퀸에게 이리도 무례할 수 있다는 말인가? 종족이 다르다 하나 미추의 구분은 여전했다.

또한, 유사 인류로서 뱀파이어의 아름다움은 형언할 수 없음이었다. 그리고 결정적으로 고귀하고 오롯한 뱀파이어 일족의 퀸에게 어찌 저런 불경한 말을 내뱉는다는 말인가?

말뿐인가? 저 무례한 행동은 대체 무엇이란 말인가? 인간의 왕을 본다면 그러하지 않을 것이다. 같은 종족이든 다른 종족이든 간에 신분에 맞는 예가 있을진대 말이다.

치하아아앙!

제이슨이 검을 뽑아 들었다. 달빛을 받아 서늘하고 차갑고 날카로우며 요요로운 자태를 내뿜는 마상 장검이었다. 분명 마상에서 사용하는 장검이거늘 제이슨이 뽑아 들자 그렇게 멋들어지게 어울릴 수 없었다.

수백, 수천 년을 같이한 검이기에 이미 주인과 닮아가는 그런 모습을 볼 수 있었다. 만약 적이 아니었다면, 혹은 분노를 표출하는 상대가 아니었다면 제이슨의 그런 모습에 감탄을 자아낼 수 있었을 것이다.

"그에게 무례를 범하지 말라."

"허나! 무례는 그가 먼저 범했습니다."

"나는 아직 그에게 나를 소개하지 않았다."

"……."

퀸의 말에 제이슨은 움찔했다. 분명 그러했다. 허나, 납검을 하지는 않았다. 그런 제이슨의 시선이 제논과 부딪혔다. 제논의 모습은 지극히 담담했다. 마치 다른 사람의 일처럼 말이다.

제이슨은 제논의 눈동자 속에서 아무것도 발견해 낼 수 없었다. 분노라든가 호기심이라든가 또는 역겨움이라든가 하는 인간의 감정을 느낄 수 없었다.

'인간이 어찌……'

인간이 아닌 것처럼 느껴졌다.

"으으으음."

제논의 시선과 부딪힌 제이슨은 나직한 신음성을 낼 수밖에 없었다. 기세도 기세지만 아무런 감정이 담겨 있지 않은 제논의 눈동자는 마치 깊고 깊은 심연 속으로 빠져 드는 것 같은 착각을 불러일으키고 있었다.

"손을 거두라 했다."

그때 제이슨의 귀에 들려오는 퀸의 목소리.

움찔.

제이슨의 손이 가늘게 떨렸다. 아주 잠깐 주저하던 그가 마상 장검을 검집에 집어넣었다.

특이한 자였다. 보통 이 시대의 기사들은 결코 검집을 만들지 않는다. 검신이 모두 드러난 그 자체로 무구를 정돈하기 때문이었다.

어차피 죽이기 위한 도구인 검이다. 검신을 감춰 굳이 피를 보이지 않으려 애쓸 필요가 없었다.

허나, 제이슨은 마상 장검을 마치 자신의 연인이라도 되는 양 조심스럽게 납검하고 있었다.

스르르릉.

마치 자신의 할 일을 마치지 못했다는 듯 으르렁거리는 소리를 내며 제이슨이 든 검이 검집으로 스며들었다.

"본녀는 밤의 일족의 여왕인 뱀파이어 퀸 에르체르트 바토리라 한다."

퀸의 소개에 제논은 찻잔을 들어올렸다. 입에 가져간 후 한 모금을 음미했다. 달콤하고 신선한 향이 입 안 가득 퍼졌다.

"나 또한 소개해야 하나?"

"그것이 인간들의 예법 아닌가?"

"그런가? 제논 패트리아스 백작이라 한다."

"간단하군."

"날 기다린 이유는?"

"어차피 날 찾을 생각 아니었던가?"

"물론."

제논은 결코 숨기지 않았다. 자신은 퀸을 찾았고, 퀸은 그런 자신을 기다리고 있었다. 드래곤의 사념체를 보고 놀라 달아나는 것도 중단한 채 말이다. 갑자기 그 이유가 궁금해졌다.

"궁금하군."

"첫째는 그녀의 연인이 누구인지 알고 싶어서지."

그녀의 말에 제논의 시선의 그녀의 얼굴에 고정되었다. 약간의 의문을 담은 채 말이다. 그 누구도 그녀를 자신의 연인으로 보지 않았다. 그녀와 그의 관계를 알고 있기 때문이었다.

어떻게 보면 그녀와 그는 적일 수도 있었다. 자신의 가문을 멸문시킨 가문의 딸이라는 것은 한 하늘 아래 둘이 존재할 수 없는 그런 것이니까 말이다. 그래서 사람들은 그녀가 자신의 죄를 씻고자 제논의 곁에 남아 있다고 생각했다.

오직 스웬슨만이 그녀를 형수님이라 부를 뿐이었다. 허나, 사람들은 그조차도 제논과 그녀의 불편한 관계를 숨기기 위한 하나의 장치로 볼 뿐이었다. 그런데 자신을 한 번도 본 적 없는 퀸이라는 존재가 그것을 알고 있었다.

"개인적인 호기심으로 본작을 기다렸다는 것은 조금 어폐가 있군."

"첫 번째 이유일 뿐이지."

"그럼 두 번째도 있겠군. 들어보도록 하지."

제논은 여유롭게 응대했다. 그에게 있어 뱀파이어 퀸이든 드래곤이든 문제가 되지 않았다. 이미 클라렌스의 안전을 어느 정도 직감한 상태였기 때문이기도 했지만 자신을 두렵게 할 정도의 존재는 분명 아니었다.

물론 퀸이나 뱀파이어 로드. 그리고 드래곤이라면 제논에게는 분명 곤란하고 어려운 상대임은 분명하였다. 그런데 이상하게 담담했다. 그리고 왠지 이들에게 밀리고 싶다는 생각이 들지 않았다. 자신이 인간을 대표하기는 하지만 그렇다고 이들에게 뒤질 이유가 없었기 때문이다.

　그러한 생각 때문에 제논의 지금 태도는 더욱더 담담했다 할 수 있었다.

　"급한가?"

　"그대는 어떠할지 모르나 본작은 지금 전쟁 중이라서 말이지."

　"훗! 그렇기는 하지. 하나, 아(我) 일족 혹은 아(我) 일족의 기사들, 그리고 아(我) 일족의 생명체가 참전하지 않는다면 그리 어려운 전쟁이 아닐 것이야."

　"……그도 그렇군."

　인정할 수밖에 없는 말이었다. 인간과 인간의 전투라면 제논이 굳이 관여하지 않아도 되었다. 병력의 수는 비슷하니 말이다. 그리고 자신 외에도 인간의 병력을 감당할 수 있는 전력은 충분했다.

　스웬슨과 아이작스 백작, 그리고 겜블 경과 안톤 경, 마지막으로 더글라스 후작까지 말이다.

　자신이 없을지라도 어려움은 있을지언정 결코 패배는 없

을 그런 전력이라 할 수 있었다.

"솔직하군."

"내 장점 중에 하나지."

"훗, 말장난은. 어쨌든 궁금하지 않은가? 어찌하여 그대의 비밀을 내가 알고 있는지 말이야."

"……궁금하긴 하군."

"그대에게서는 냄새가 나."

"……."

제논은 대꾸하지 않았다. 퀸의 짓궂은 표정을 보았기 때문이었다. 그렇다고 해서 그녀의 말을 막을 이유 역시 없었다. 그녀가 자신을 기다린 두 번째의 이유를 듣고 싶었으니까.

그녀는 첫 번째 이유를 말하지 않고는 두 번째를 들려주지 않을 것 같았다. 이것은 그녀에게 일종의 유희였다. 대화를 이끌어가는 그녀만의 유희 말이다.

"아픔, 당황스러움, 안타까움, 걱정스러움, 또는 달콤함 등 말이지. 하지만 달콤함은 조금 시간이 지났고, 당황스러움 역시 이곳에 오기 전에 정리한 상태지. 지금 그대의 모습에는 아픔과 안타까움, 그리고 걱정스러움이 남아 있지."

"……."

제논은 그저 말없이 차를 마시며 그녀의 말을 들을 뿐이었다.

"인간들의 감정이란 참으로 복잡 미묘하지. 인간으로서 꾀 오래 살았던 본녀조차도 아직 정리가 안 되는 그런 감정이니 말이야. 하지만 지금 그대가 가지는 숨겨진 감정은 분명 달달한 사랑의 감정이야."

찻잔을 들어 차를 마시던 제논의 행동이 잠시 멈칫거렸다. 허나, 그 시간은 극히 짧았다. 누군가 본다면 자연스럽게 차를 마시는 모습과 전혀 다르지 않았다. 실제 제이슨 역시 그리 보았다.

허나, 퀸은 보았다. 그 짧은 멈칫함을 말이다. 그녀의 입에 달콤함이 매달렸다. 마치 아주 재미있는 무언가를 발견했다는 듯이 말이다.

"사랑을 숨기다니, 멍청한 것인가? 아니, 아니지. 사랑을 숨길 이유가 뭘까? 알아본 바에 의하면 그녀는 원수의 가문의 딸이지. 뭐, 이미 가문을 벗어났다고는 하지만 기본적으로 그러하지."

매우 흥미롭다는 듯이 스스로 추측을 하는 퀸이었다. 그녀는 진정 지금 이 순간을 즐기고 있었다. 마치 자신의 일인 양 말이다.

"그런데 그녀를 곁에 두고, 사랑을 숨긴다. 그렇군. 그래, 그녀 아픈 것을 싫어하는군. 자신의 운명이 대체 어떻게 될지 모르니 말이야. 자신의 운명으로 인해 그녀가 슬퍼하는 것을 싫어하고 두려워하는 게로군."

"······."

제논이 찻잔을 놓고 퀸을 바라보았다. 그녀의 눈동자는 답을 갈구하고 있었다. 어서 자신의 말에 동의하라고 말이다. 그녀는 그런 둘의 사이를 알아낸 자신이 그렇게 뿌듯할 수 없었다.

희열감이 존재했다. 인간이었을 적의 기억이 새록새록 솟아올랐다. 그러다 문득 그녀는 질투가 났다. 서로를 위한 배려가 짜증이 났다. 자신은 그러지 못했다.

자신의 사랑은 비극이었다. 욕망과 야망이 점철됨에 자신의 손으로 지아비를 죽였고, 그 삐뚤어진 사랑의 보상으로 그녀는 수없이 많은 처녀의 피를 갈구하게 되었다.

그런 자신과는 전혀 다른 사랑을 하는 그, 혹은 그녀가 부러웠다. 그 부러움은 지독한 질투심을 유발시키고 있었다. 그녀의 심장이 뛰었다. 전신의 혈관을 통해 싸늘한 피가 돌기 시작했다.

"그쯤하지."

"두려운가? 그런 건가? 사랑을 잃을까 두려운가?"

여전히 담담한 표정을 유지하고 있는 제논이었다. 그는 그녀의 어떠한 말에도 표정이 변하지 않을 것 같았다. 그러한 제논의 모습을 본 그녀는 전신을 가볍게 떨었다.

저 무덤덤한 표정을 깨뜨리고 싶었다. 저 단단한 믿음을 부
쉬 버리고 싶었다.

"재미있나?"

"재미? 훗! 재미있지. 비애로 끝난 사랑이야말로 진정으로
재미있지. 이루어질 수 없는 사랑이야말로 진실로 심장을 뛰
게 하지."

"……."

숨을 몰아쉬며 확연한 기복이 드러난 가슴. 그녀는 진정 흥
분한 듯 보였다.

"내가 말해주길 원하나?"

"말해. 말해줘."

"그녀를 사랑한다. 지켜주고 싶다. 하지만 앞날을 알 수 없
는 나로 인해 그녀가 상처 받는 것이 싫다. 그러하기에 그녀
에게 나의 마음을 전할 수 없다. 하지만 언젠가는 내 마음을
전할 것이다. 그녀가 이 세상에 존재하든 존재하지 않든."

"오호. 오호홋!"

제논의 말에 퀸은 턱을 치켜 올리며 하늘을 바라보며 웃었
다. 무척이나 재미있다는 듯이 말이다.

"허면, 크리스티나는? 그녀는 뭐지? 그녀도 사랑하지 않았
나?"

"……."

크리스티나. 크리스티나 헤밀턴. 자신의 의사와 상관없이 약혼이 된 존재. 허나 가문이 멸문당하며 이제는 자신의 과거 가장 절친했던 친우의 부인이 된 여자.

"그녀는⋯ 모르겠군."

이것은 제논의 솔직한 심정이었다.

"오홋! 이런, 이런."

그의 솔직한 대답에 퀸은 오히려 호감을 느꼈다. 아마도 18살 때쯤 그는 그녀를 사랑한다고 생각했을 것이기 때문이었다. 지금에 와서 그것이 사랑이냐 아니냐 하고 따져 물으면 솔직하게 답을 해줄 수 없었다.

그녀 또한 마찬가지일 것이다. 그때 당시 그녀는 자신을 사랑했다고 생각했을 것이다. 허나, 지금에 와서 그녀에게 그때의 사랑을 사랑이라고 확신하냐 물으면 고개를 갸웃거릴 수 있었다.

"그녀는 과거의 사랑일 뿐. 그녀는 지금 잘살고 있지 않나? 오브레임 후작과 말이지."

"그녀를 용서하나?"

"용서? 용서라. 애초에 그녀와 나 사이엔 용서란 말이 필요 없지. 정해진 운명이 아니었을 뿐. 그녀는 그녀의 자리에서 최선을 다하고 나는 나의 자리에서 최선을 다하면 그뿐. 그녀와 나의 사랑은 연민에 가까울지도."

제논의 말에 미묘한 미소를 떠올리는 퀸이었다.

'이래서 인간은 재미있어.'

충분한 말을 들었다. 모처럼만에 맞이한 언어의 유희에 그녀는 만족감을 표현했다. 다른 종족의 아픔을 꺼내 그 아픔의 근원을 자신이 의도하는 곳으로 이끌어내는 그녀만의 유희.

제논은 그녀의 유희에 호응해 주었다. 지금 눈앞에 있는 존재가 무언가 자신에게 할 말이 있음을 알고 있었다. 결코 나쁘지 않은 말일 것이기에 그녀의 유희에 맞장구를 쳐준 것이다.

"유희는 끝났나?"

"대충은."

"그럼 두 번째를 듣고 싶군."

"그대의 우정일지도 모를 과거의 사랑과 관계된 일이지."

크리스티나가 관계된 일이라는 것이었다. 제논은 인간의 세상만큼이나 얽히고설킨 뱀파이어들의 내부 사정을 모른다. 허나 짐작은 할 수 있었다. 아무리 뱀파이어라 할지라도 그 모태가 바로 인간이라는 점이었다.

뱀파이어 로드는 어떠할지 모른다. 그는 그저 탄생했다고 전해진다. 창조주에 의해서 말이다.

허나, 자신의 앞에 있는 퀸을 비롯해 모든 뱀파이어는 만들어졌다. 로드에 의해서 말이다. 그리고 그들의 모태는 바로 인간이라 할 수 있었다. 인간을 모태로 한 그들이 모였음에 결국 인간이었을 적의 행태를 반복할 수밖에 없을 것이다.

단적인 예로 이들이 왕국을 점령하고 세력을 확장하면서 전쟁을 일으키는 연유가 바로 인간이 가지는 욕망에 근거하고 있었다.

욕망은 욕구와 다르다. 욕구는 동물의 것이다. 아무런 조건이 없다. 오직 조직 종족을 번식시키고자 하는 욕구와 주린 배를 채우고자 하는 욕구일 뿐이었다.

그 욕구를 채우기 위해 동물은 사냥을 하고 짝짓기를 할 뿐이다. 허나 인간은 아니다. 욕구가 아닌 항상 진행 상태인 욕망을 가진다. 식사를 하기 위해 식탁을 차리고 식탁을 차리기 전에 음식을 다듬으며, 모든 이가 둘러 앉아 감사를 하고 대화를 하며 유희를 즐긴다.

욕망은 그런 것이다. 지금 뱀파이어들은 욕망을 갈구하고 있었다. 자신들의 목적을 위해 유희를 즐기고 있었다. 이들이 인간과 다른 것이 무엇이란 말인가?

조금 더 강한 육체. 조금 더 오래된 삶. 조금 다른 삶의 방식. 하지만 궁극적으로 그들은 인간과 다르지 않다. 결국 권력이 생겨나고 권력 사이에서 서로를 죽고 죽이고 있었다.

"단도직입적으로 말하지."

"……"

제논은 그저 찻잔을 만지작거릴 뿐이었다. 그녀에게 자신이 지나친 관심을 보인다면 오히려 해가 될 수 있음이니까.

"로드를 죽여줘!"

"······!"

"퀸이시여!"

너무나도 갑작스러운 말이었다. 제논 역시 예상치 못한 그런 말이었다. 그것은 그녀의 곁을 지키고 있는 제이슨 역시 그러했다. 그는 두 눈을 부릅뜨고 손마저 가늘게 떨고 있었다.

"조건은?"

"오브레임 후작 가문과 헤밀턴 공작 가문!"

"호오~"

제논이 무심한 듯 만지작거리던 찻잔을 내려놓고 팔짱을 낀 채 그녀를 바라보았다. 그녀 역시 제논을 바라보고 있었다. 그녀는 지금 지극히 위험한 승부수를 던지고 있었다.

"왜지?"

"설명을 해야 하나?"

"······."

제논의 물음에 오히려 기분 나쁘다는 듯이 대답하는 퀸이었다. 제논은 퀸은 눈동자를 직시했다. 참으로 많은 생각을 하게 만드는 그녀의 대답이었다. 하지만 제논은 한 가지는 확신할 수 있었다.

'뱀파이어가… 철저하게 결합된 것은 아니로군.'

그것을 느낄 수 있었다. 완벽하지 않았다. 스스로 완벽하다, 혹은 우월하다 하나 결국 인간의 범주에서 생각할 수 있는 그런 유였다. 제논은 작게 고개를 끄덕였다.

"그렇군. 이것은 거래로군."

그에 제논이 의견에 동조하고 나섰다.

"헌데… 왜 나지? 위험하지 않나?"

제논의 물음에 그녀는 입가에 알듯 모를 듯 미묘한 미소를 떠올렸다.

"그대에게서는 고대의 향기가 나거든."

"고대의 향기라……."

제논은 팔짱을 풀었다. 지금껏 자신에 대한 비밀을 알아보는 이는 아무도 없었다. 마법으로 오인하거나 혹은 자신이 입을 열어 직접 말을 하거나 보여주어야만 인정하고 믿었다.

그런데 눈앞에서 믿을 수 없는 거래를 하고자 하는 이는 자신의 비밀을 알아보고 있었다. 제논의 눈동자가 심유하게 가라앉았다. 그는 깨달을 수 있었다.

"그대 역시 고대의 존재를 보유하고 있었군."

"방심한 것인가?"

"방심이라기보다는 나와 다른 존재임과 동시에 영장류나

동물에 특화된 특이한 존재 때문이라고 할 수 있겠군."

"그런가?"

그러했다. 뱀파이어 퀸 에르체르트 바토리 역시 정령을 소유하고 있었다. 다만, 자연을 구성하는 4대 정령이 아닌 영장류와 동물이라면 모두 가지고 있는 것에 대한 존재였다.

어둠의 정령도 아니고 4대 정령 또는 정신 계열의 정령도 아니었다.

"알아볼 수 있겠나?"

"피의 정령인 블러디라 하는군."

"호오~ 정령과 대화가 가능한가?"

제논과 그녀는 정령에 대하여 대화를 했다. 그들의 공통 관심사라 할 것이었다. 둘은 잠시 잊은 듯하였다. 지금 이 자리가 어떤 자리인지 말이다. 그녀가 모든 뱀파이어의 원류인 블라드 체페슈이에 대한 청부를 하는 자리였다.

헌데, 둘은 지금 정령에 대해 논하고 있었다. 마치 그런 것쯤은 아무런 일도 아니라는 듯이 말이다.

"특이하군. 어떻게 그런 정령이 존재할 수 있지? 어둠의 정령도 정신 계열의 정령도, 혹은 4대 정령도 아닌 정령이 어떻게 어둠과 정신 계열의 힘을 모두 사용할 수 있는 거지?"

제논은 단박에 알아볼 수 있었다. 그가 정신을 집중하자 모든 것이 확연하게 느껴지고 있었다. 퀸이 소유한 정령은 피에 관한 모든 것을 관장하는 정령이었다.

그녀를 만남에 유난히 피가 끓어오르는 것 역시 그 때문이었다. 유혹하고 갈등을 일으키는 모든 것이 선천적으로 가진 퀸으로서의 권능일 수 있으나, 그녀가 지닌 피의 정령에 의한 것임을 충분히 짐작할 수 있었다.

"이것은 내 권능의 일부이지."

"그러한가?"

제논의 눈이 가늘어졌다. 그녀는 그것을 권능이라 말하고 더 이상의 호기심을 허락하지 않았다. 이쯤에서 선을 긋자는 것일 게다. 제논의 얼굴에 하얀 선이 그어졌다.

"로드에게 접근하기에는 내 앞에 치워야 할 것이 너무 많은 것 같군."

"정보를 원하나?"

"원한다면 알려줄 것인가?"

"물론 불가능하지. 차려진 식사를 하고자 식탁을 없앨 수는 없으니 말이야."

"허면, 의미 없는 거래로군."

서로를 바라보며 담담하게 말을 하는 제논과 퀸이었다. 제이슨은 둘의 지극히 담담한 태도에 대해 솔직히 이해할 수 없었다.

제논 패트리아스 백작이라 자신을 소개한 자. 그는 이 거래가 절대적으로 필요했다. 모든 것을 한 번에 뒤집어엎을 수 있는 절호의 기회이니까 말이다. 제이슨이 판단하기에 그가 상상 이상의 전력을 가지긴 했지만 중과부적이라는 것이 있다.

모두 죽고 홀로 남는다면 전투에는 이겼으나 결국 전쟁에서는 패배하는 것과 무엇이 다르다는 말인가? 그의 입장에서는 절대 포기할 수 없는 그런 절대의 기회였다.

그런데 너무 담담했다. 마치 자신의 일이 아니라는 듯이. 해도 그만, 아니어도 그만이라는 그런 태도였다. 이것은 조금 더 우월한 자리를 차지하기 위한 머리싸움이 아닌, 진심으로 그렇게 전해지는 것이었다.

그러한 면에서 보자면 퀸의 태도가 오히려 더 이상했다. 기실 지금 뱀파이어들의 세력은 둘로 나뉘어져 있다. 뱀파이어들을 이끌고 있는 5대 마스터가 갈라짐에 뱀파이어들 역시 갈라진 것이다.

퀸과 로드로.

허나 어느 순간 퀸의 세력이 점점 커나가더니 1천 년 전부터는 로드의 세력을 압도하고 있었다. 로드를 지지하는 마스터는 두 명, 퀸을 지지하는 마스터는 세 명.

로드와 로드를 지지하는 두 명의 마스터는 사실상 은거에 들어갔다 해도 과언이 아니었다. 세력의 일부가 존재하기는 했으나 지극히 미약한 상태라 할 수 있었다.

우두머리가 없는 그들의 세력은 이미 힘을 잃어 그저 명맥만 유지하고 있다고 하는 것이 정답이었다.

허나, 그들은 퀸이 가지지 못한 것을 가지고 있었다.

그것은 바로 명분과 정통성이었다. 그들은 태초부터 로드에 의해 거둬진 존재였다. 로드와 함께 수백, 수천 년을 지내왔던 로드의 충복이라 할 수 있었다.

그들이 모습을 드러내지 않았다고 해도 피의 전승으로 이어지는 뱀파이어들은 그들을 완벽하게 기억하고 있었다. 천년의 시간이 지났음에도, 로드를 지지하든 지지하지 않든 간에 그들에 대한 모든 것은 피로써 전승되고 있었다.

그러하기에 세력을 폭발적으로 확장하고 대부분의 뱀파이어들이 퀸 그녀를 따른다 해도 그들은 결코 로드를 제거할 수 없었다. 로드 앞에서 그녀를 제외하고 고개를 들 수 있는 존재는 없으니까.

퀸은 항상 웃고 있었으나 그 웃음 속에는 언제나 붉디붉은 비수를 품고 있었다.

그녀는 야망보다는 누가 자신보다 위에 있는 것을 싫어했다. 태생이 부리기를 원했다. 모두가 우러르길 원했다.

그렇다 해서 그녀가 군림하지는 않았다. 그저 그녀는 자신의 머리 위에 누구를 두기 싫어할 뿐이었다. 물론, 그러한 성정으로 그녀를 이용하려는 자 역시 있었다.

바로 5대 마스터 중 가장 첫 번째의 자리를 차지하고 있는 마커스 셀라시에의 경우가 그러했다. 그의 나이는 추정할 수 없었다. 그 또한 뱀파이어의 로드인 블라드 체페슈이와 같이 스스로 뱀파이어로 탄생한 자이니까 말이다.

5대 마스터는 모두 스스로 탄생한 존재이다. 여기 옆에 있는 퀸 역시 마찬가지이고 말이다. 때문에 그들은 어쩌면 고대의 존재라 할 수 있었다. 그러한 그들이 야망이 없을까?

그들의 이런 틈은 수천 년에 걸쳐 존속되어 오고 있었다. 다만, 로드를 압도할 만큼 강력한 뱀파이어가 없었기에 드러나지 않았을 뿐이었다.

그런데 3천 년 전. 퀸과 제1마스터인 마커스 셀라시에가 손을 잡음으로써 모든 것은 급격하게 달라지고 있었다. 중립을 지키거나 혹은 로드를 지지하던 마스터들이 그녀에게로 돌아서고 있었던 것이다.

그리고 지금에 이르렀다. 언젠가는 퀸인 그녀가 날카로운 손톱과 송곳니를 로드에게 들이밀 줄 알았다. 충분히 예상하고도 남음이 있었다. 만약 그날이 오면 제이슨은 서슴없이 그녀의 검이 될 각오가 되어 있었다.

자신에게 그 임무를 맡긴다면 설사 자신의 존재 자체가 지워질지라도 충분히 그녀의 야망을 위해 죽어줄 자신이 있었다. 그리고 그 막중한 임무는 바로 자신에게 주어질 것이라 믿어 의심치 않았다.

허나, 아니었다. 한낱 인간에게 그것을 의뢰하고 있었다. 그러하기에 제이슨의 표정은 미묘하게 변하기 시작했다. 그것은 필설로써 어떻게 설명할 수 없는 그런 미묘한 것이었다.

"대신 오브레임 후작과 헤밀턴 공작 가문의 모든 것은 넘겨줄 수 있지."

"그러면 더 손해이지 않은가?"

손해 볼 일로 어찌 거래를 하려 하는가 하는 제논의 물음이었다. 헤밀턴 공작 가문과 오브레임 후작 가문의 모든 것이라면 그들이 점령한 코린 왕국의 전부라 할 수 있으니 말이다.

한마디로 코린 왕국에서 완전히 손을 떼겠다는 것과 같은 말이었으니 말이다. 그것은 손해라 할 수 있었다. 허나, 아직 제논이 뱀파이어들이 구축한 체계를 몰랐기에 하는 말이었다.

그들은 누천년을 존재해 왔다. 아마도 이 세계가 생성됨과 동시에 존재한 그런 존재일지도 몰랐다. 허나, 그런 존재들 중 대부분이 사라졌음에도 불구하고 그들은 현세에 당당하게 존재하고 있었다.

허면 그들이 구축한 세계는 대체 얼마나 거대한 것일까? 그것은 상상조차 할 수 없었다. 어쩌면 이 세계에 존재하는

수많은 왕국과 제국이 이미 뱀파이어의 하수인이거나 그 종
족이 되었을지 모를 일이었다.

"그것은 우리가 걱정해야 할 일. 하겠나?"

퀸은 단호하게 잘랐다. 제논은 어깨를 으쓱해 보였다. 별
것 아니라는, 참견할 의도는 전혀 없다는 그런 의미였다.

"고대 정령의 언어로써……."

고대 정령의 언어.

그것은 드래곤의 용언 혹은 인간의 언령과 다르지 않은 정
령사들의 맹약과 같은 것이었다. 만약 그 맹약을 어긴다면 그
즉시 정령을 잃음을 말한다.

정령사로서 정령을 잃으면 모든 것을 잃고 정신조차 무너
지므로 이는 곧 죽음을 의미한다. 살아도 산 것이 아니라 할
수 있었다. 그러한 제논의 의도를 정확히 알아들은 퀸이었다.

"고대 정령의 언어로써……."

이로써 모든 것이 완료되었다. 그녀가 왜 자신을 택했는지
는 알 수 없었다. 그러나 대충 짐작은 할 수 있었다. 그녀는
뱀파이어다. 뱀파이어의 로드가 소멸됨에 그 충격파는 실로
대단할 것이다.

퀸은 지금 그 충격파를 자신에 대한 신뢰로 바꾸려 하고 있
는 것이었다. 뱀파이어 퀸이 이른바 뱀파이어 로드가 되는 것
이었다. 그 중심에 서고자 한 것이었다.

로드가 소멸됨은 뱀파이어들의 위기감을 최고조 자극할 것이다. 그때 그녀가 나서는 것이었다. 허면 모든 것이 그녀에게 쏠릴 것이고, 그 순간 그녀는 뱀파이어들의 절대적인 존재로 재탄생할 것이다.

또한, 흩어지는 뱀파이어들을 한데 모을 수 있음이고, 뱀파이어들에게 경각심을 심어줄 것이다. 그리고 뱀파이어들과 인간들의 진정한 전쟁이 시작될 것이다.

그녀는 아마도 제논이 그것까지 고려할지는 생각지 못했을 것이다. 제논이 자신과 같은 정령사임은 분명했으나 과연 어느 정도인지 전혀 짐작조차 못하고 있었기 때문이다.

낮은 데서 높은 곳을 바라보기엔 한계가 있다. 허나 높은 곳에서 낮은 곳을 봄에 그 존재가 훤하게 드러난다. 바로 그런 것이라 할 수 있었다.

제논은 이미 모든 정령을 아우르고 있으나 퀸은 그렇지 못했다. 그저 그녀의 권능의 일부를 개방한 것뿐이었다. 때문에 그녀는 제논의 능력을 남다르게 판단했으나 결코 자신보다 우위에 선 것이라 판단하지 못했다. 물론, 그녀는 자신의 잣대로, 혹은 인간으로서 제논을 파악한 후 가장 후한 점수를 주었지만 제논은 그녀가 생각하는 범주를 충분히 벗어나 있었다.

그러나 제논은 그녀에게 자신의 모든 것을 보이지 않았다.

물론, 그녀 역시 자신의 모든 것을 보이지 않았다. 허나, 제논은 그녀의 수준을 보았고, 그녀는 제논의 수준을 보지 못했다.

그것은 그녀의 패착이라 할 수 있었다. 모두가 범하는 오류를 주도면밀한 그녀조차 범하고 있었던 것이다. 제논이 사라진 자리를 보며 퀸은 만족한 웃음을 지었다.

조금 틀어지기는 했지만 모든 것이 만족스러웠다. 과연 자신이 선택한 인간이 기대에 부응할지는 알 수 없었다. 허나, 자신이 피의 정령으로서 그를 매혹할 때 그는 스스럼없이 대화에 참여했다.

그녀는 그를 매혹한 것이었다. 실로 보고도 믿을 수 없을 정도로 말이다. 그녀는 자신의 매혹이 성공해서 만족한 것이었다. 그러하기에 그의 수준을 그녀의 아래로 판단할 수밖에 없었다.

"피의 매혹을 사용하신 것입니까?"

"불만인가?"

"그것은……."

"그가 살아남을 수 있다고 생각하는가?"

"……아닙니다."

"그래, 그것이 정답이다. 그리고 코린 왕국은 계륵과 같은 곳이야. 때문에 오히려 과감히 정리하는 것이 옳아. 코린 왕국을 정리하는 데 그를 사용할 수 있다면 오히려 우리로서는 이득이라 할 수 있지."

"의심해서… 죄송합니다."

제이슨은 고개를 숙일 수밖에 없었다. 자신의 단편적인 생각이 틀렸음을 말해주고 있었기 때문이다. 그녀는 자신보다 열 수 이상을 내다보고 있었다. 자신의 실수를 인정하는 그를 보며 그녀는 달콤하게 웃었다.

"그에게 전해주도록. 코린 왕국의 모든 것을 말이야."

"명을 따르겠습니다."

Chapter 07

제논은 하늘 높은 곳에서 색색이 변해가는 코린 왕국의 늦
가을의 정취를 둘러보았다. 서서히 끝으로 달려가고 있었다.
숨 가쁘게 살아왔던 몇 년이 주마등처럼 스쳐 지나감을 느꼈
다.

　제노는 문득 자신의 손을 내려다보았다. 수많은 생명을 앗
아간 손이었다. 35년 전, 나약하고 여린 꿈 많은 소년의 손은
간데없고 오직 투박하고 피에 절은 손만이 존재했다.

　"너는 이미 괴물이 되었구나."

　제논은 손을 멀건이 내려다보며 탄식하듯 말을 했다. 그 손

을 소유한 자신 역시 괴물이 되어버렸다. 자신은 스스로 인간이라 했지만 이제는 인간인지 괴물인지 알 수 없었다.

괴물 같은 능력.

뱀파이어들이 만들어낸 키메라조차도 동네 어린아이 손목 비틀듯 죽여 버리는 자신이었다. 그 무섭다던 뱀파이어 퀸을 만났음에도 아무런 느낌이 들지 않았다.

무서움도 없었고, 두려움도 없었다. 아니, 오히려 즐겼다. 그 만남을 말이다. 피를 갈구하는 그녀 앞에서 그녀의 유희를 위해 스스럼없이 어울려 되지도 않은 말을 늘어놓았다.

그래서 결국 자신은 자신이 원하고자 하는 목적을 달성할 수 있었다. 거래를 한 것이다. 친구의 목숨과 약혼녀의 목숨, 그리고 자신의 가문을 멸문으로 이끈 모든 것과 거래를 했다.

제논은 그 끝을 생각해 보았다.

'나는 존재할 수 있을까?'

그 모든 일이 종료되었을 때 자신은 살아남을 수 있을까 하는 생각을 가져본다. 살고 싶었다. 자신이 사랑하는 사람과 자신을 사랑하는 사람과 함께 삶을 영속시키고 싶었다.

갑자기 왜 이런 생각이 들었을까? 제논은 자신의 내면에 끝없이 질문을 하며 자신이 변하게 된 연유를 찾았다.

'내가 원하는 게 뭐였지?'

그는 복수를 원했다. 하지만 지금에 와서는 그 복수라는 것 역시 경계가 모호하여 과연 그것이 복수라 할 수 있을까 하는 생각마저 들었다. 그리고 그 복수로 인해서 행해진 자신의 모든 것이 용납될 수 있을까 하는 생각이 들었다.

그동안 자신의 손에 죽어간 사람들. 제논 자신과 직접적으로 연관이 있는 자도 있었으나 대부분, 즉, 99.99%는 전혀 연관성이 없는 자였다.

제논은 그동안 줄곧 생각해 왔다.

'내가 저들을 죽일 자격이 있는가?'

자신의 자격에 대해서 말이다. 전투에 있어서 인간은 그저 동물과 같지 않은가? 동물은 먹기 위해서 상대를 죽인다. 단순히 마음에 들지 않는다거나 어떤 목적을 가지고 상대를 죽이지 않는다.

자신은 복수를 위해서 그들을 죽였으나 어쩌면 복수와는 전혀 상관없는 이를 더 많이 죽였을지도 몰랐다.

자책감이 들었어야 하지만 제논은 처음부터 자책감이 들지 않았다. 그저 당연하게 받아들여지고 있었다. 죽고, 죽이는 것이 말이다.

약하면 죽는 것이다. 자신의 가문은 약했기 때문에 멸문당한 것이었다. 그런데 이제 자신이 강해졌기에 수많은 사람을 죽이고 있었다.

제논은 하늘 높은 곳에서 고개를 들어 다시 하늘을 바라보왔다. 하늘 위에 하늘이 있고, 그 하늘 중간에 구름이 걸쳐져 있었다. 그 가운데 제논은 한 점의 티끌이 되어 그 청정함을 더럽히고 있었다.

뱀파이어도 그러하지만 이 순간 자신도 역시 존재해서는 안 될 것처럼 느껴지고 있었다. 그리고 그 시기는 점점 다가오고 있었다.

제논은 느낄 수 있었다. 점점 파국으로 달려가고 있음을 말이다. 자신이 시작했기에 혹은 자신으로부터 파생되었기에 자신의 손에 피를 묻혔다.

그러한 와중에 뱀파이어 퀸을 만나게 되었다. 적과 나눌 수 있는, 아니, 서로를 이용하기 위해 안간힘을 쓰는 둘 사이에는 적이라 볼 수 없을 정도로 많은 대화를 나누었다. 그리고 그 힘은 결정적으로 조금 더 제논의 복수를 앞당기고 있었다.

"인간은 인간이, 괴물은 괴물이 상대하는 것이 맞겠지."

독백처럼 말하는 제논이었다. 스스로에게 다짐이라도 하듯이 말이다. 그리고 서서히 움직였다. 오랜 상념을 끝낸 듯 약간 홀가분한 얼굴이 되기도 했으나 여전히 무표정이었다.

그가 향한 곳은 여전히 대치 중에 있는 연합군의 진영이었다. 도달하자마자 아이작스 백작을 소환했고, 스웬슨과 젠슨을 소환했다.

이미 아이작스 백작이 담당했던 지역과 스웬슨이 담당했

던 지역으로 진입하던 귀족군은 지리멸렬한 지 오래였다. 순수하게 인간으로 이루어진 병력으로 그들을 감당하기에는 역부족이었다.

남은 것은 오로지 드라기 백작이 담당하고 있는 요툰하임뿐이었다. 다른 곳과는 다르게 요툰하임에는 뱀파이어와 키메라, 그리고 라이칸 슬로프가 투입되어 있었다.

그리고 살아남은 이들이 견고하게 목책을 마련하고 요새처럼 지키고 있으니 드라기 백작으로서도 감히 계략을 내어 놓지 못하고 있었다. 연합군은 평지에 있고, 그들의 요새는 언덕 위에 존재하기 때문이었다.

어떤 방법을 쓰던 간에 모든 계략이 한눈에 보이는 상황이니 드라기 백작으로서는 함부로 작전을 낼 수 없었다. 그리고 제논이 돌아왔고, 제논은 그들을 소환한 후 어떠한 움직임도 보이지 않았다.

그가 연합군의 수장임은 분명하였으나, 어떠한 심경의 변화가 있어서인지 의사 결정이나 혹은 작전 회의에 전혀 참여하지 않고 있었다. 그러하기에 연합군의 귀족들은 걱정하지 않을 수 없었다.

"허어~ 대체 무슨 일이 있었기에……."

"무슨 연유가 있겠지요. 어차피 저 요새와 같은 적진을 공략하기 위해서는 방책을 마련해야 하니까요."

"그도 그렇지만 너무 갑작스러운지라……."

귀족들은 무슨 수를 생각해 내기 위해 제논이 두문불출한다 생각했다. 제논은 어느새 그들에게 깊은 신뢰감을 심어주고 있었다. 만약 평화스러운 상황이었다면 귀족들의 마음을 지금과 같이 얻기란 진정으로 요원했을 것이다.

허나 상황이 극한으로 치닫고 몰랐던 사실을 알게 되니 그들은 지금 이 시기를 헤쳐 나가기 위해서는 제논만 한 사람이 없음을 인지하게 되었다.

"그래, 아무 전언도 없으셨습니까?"

귀족 한 명이 상석에 앉아 있는 드라기 백작에게 조심스레 물었다. 드라기 백작은 무겁게 고개를 끄덕였다. 짐작하지 못한 것은 아니었다. 제논이 이곳을 벗어날 때 그는 프라네리온 백작의 일로 본성으로 향했다.

다른 이들은 모르겠으나 드라기 백작은 대충 프라네리온 백작과 제논의 사이를 짐작하고 있었다. 그 연유는 그가 지난 2년 동안 제논의 영주성에 거의 살다시피 했기 때문이었다.

제논이 그의 막사에서 두문불출한 것은 프라네리온 백작의 일로 본성에 다녀온 이후이니, 아마도 그녀와 관계된 일이 아닐까 하는 막연한 생각을 하는 드라기 백작이었다.

그 외에는 어떠한 생각조차 장담할 수 없었다. 그것도 그저 어림짐작일 뿐이었다. 정확한 상황을 알지 못하는 드라기 백작 역시 조심스러울 수밖에 없었다.

"아이작스 백작과 패트리아스 남작이 오면 무슨 전언이 있겠지요. 어쨌든 지금은 소강상태이니 그동안 병사들을 잘 추스르기 바라오."

"그야 뭐 저희가 할 일이니……."

그렇게 하루의 일과가 마무리되었다. 오늘도 여전히 제논은 그의 막사 밖으로 모습을 보이지 않았고, 드라기 백작과 귀족들은 적의 견고한 요새 밖에서 그들을 끌어내기 위해 별의별 수를 다 쓰다 제풀에 지쳤다.

그렇게 시간이 흘러갔다. 그리고 스웬슨과 젠슨이 도착한 하루 상간으로 아이작스 백작이 병력을 대동하고 연합군의 진영에 합류하고 있었다. 갑작스럽게 불어난 병력에 조금은 부산해진 연합군이 진영이었다.

그때 드디어 제논이 막사를 벗어나 지휘관 회의를 소집하기에 이르렀다. 귀족들과 기사들은 이제 때가 되었을까 하는 생각에 모두 결의에 찬 모습으로 회의가 주최될 막사에 꾸역꾸역 모여들기 시작했다.

회의 막사 상석에는 예의 제논이 앉아 있었다. 그의 좌측에는 드라기 백작과 스웬슨, 그리고 젠슨이 앉아 있었고, 우측에는 아이작스 백작과 겜블 경, 안톤 경이 자리하고 있었다.

장내는 쥐 죽은 듯이 조용했다. 누구 하나 기침 소리조차 내지 않았다. 괜스레 비장한 분위기가 조성되는 것 같았다.

"오랜만에 뵙는 것 같군요."

그때 아이작스 백작이 담담하게 입을 열었다. 회의 석상에서 가장 젊은 나이인 아이작스 백작이건만 그의 태도는 다른 어떤 이들보다 여유로웠다.

그러한 여유로움이 전염되어서인가? 딱딱하게 굳어져 있던 회의 석상의 분위기가 조금 누그러지면서 여기저기서 서로의 안부를 묻는 기사들과 귀족들이었다. 그렇게 조금 숨통이 트이는 것 같자 드라기 백작이 제논에게 물었다.

"회의를 소집한 이유를 듣고자 합니다."

드라기 백작이 말에 소란스러웠던 회의장이 다시 조용해졌다. 그리고 모든 이의 시선이 제논에게로 향했다. 제논은 여전히 눈을 감고 있었다. 허나 이내 스르르 떠졌다.

그리고 움직일 것 같지 않았던 그의 입이 서서히 열렸다.

"퀸을 만났소."

"퀸이라 하면?"

"뱀파이어 퀸이오."

"……"

뱀파이어 퀸이라는 말에 모두들 안색이 굳어졌다. 결코 간단치 않은 말이었기 때문이다. 그리고 또 다른 면으로는 안도의 한숨이 들려왔다. 퀸을 만나고도 전혀 위해를 입지 않은 모습에 있었다.

"퀸은 나에게 코린 왕국에 있는 뱀파이어에 대한 모든 정보를 넘겨주겠다 했소."

"허~"

"그런……."

귀족들은 놀랐다. 아니, 단순하게 놀란 것이 아니라 입 밖으로 심장이 튀어나올 정도로 놀랐다. 그것은 드라기 백작 역시 마찬가지였다. 허나, 그는 만남보다는 그들 간에 있었을 거래에 대해 생각해 보았다.

코린 왕국에 존재하는 뱀파이어들에 대한 모든 정보를 준다는 것은 뱀파이어의 입장에서는 코린 왕국을 포기한다는 것과 다르지 않은 의미였다. 그것은 어쩌면 그들에게 상당히 큰 타격으로 다가갈 수 있었다.

그런데도 포기하는 것이었다. 그렇다면 아무런 조건도 없이 포기하지는 않았을 것이다. 결국 그에 상응하는 어렵고 어려운 조건이 있을 것이었다. 그에 드라기 백작이 얼굴이 침중하게 굳어졌다.

"물론… 조건이 있겠지요."

"있습니다."

"무엇입니까?"

"……."

제논은 입을 닫았다.

"그전에 군을 분리시키고자 합니다."

"무슨?"

드라기 백작의 눈동자가 의문에 차더니 제논을 바라보았다. 전혀 예상치 못한 말이었기 때문이다.

"저들은 크게 두 부류가 있습니다. 하나는 뱀파이어들에게 포섭되어 인간이나 그들에게 동조하는 귀족이고 다른 하나는 스스로 뱀파이어가 되어 밤의 일족에 편입된 부류입니다."

"물론, 그렇습니다."

이미 모두 알고 있는 상황이었다. 새삼스럽게 그 말을 꺼내는 제논의 생각을 짐작조차 하지 못했다.

"만약 퀸에게서 저들에 대한 상세한 정보가 온다면 그들을 분리시키는 것이 수월하지 않겠습니까?"

"그렇다는 것은?"

"괴물은 괴물이 맡고 인간은 오로지 인간의 전투를 하면 된다는 것입니다."

"……."

제논의 말에 입을 다물고 그를 뚫어지게 바라보는 드라기 백작이었다. 사실상 말처럼 쉬운 일이 아니었다. 저들의 수도 수지만 그 정보가 정확하리라는 보장이 없으니 말이다.

"위험합니다."

약간의 침묵이 흐른 뒤 드라기 백작의 입에서 나온 말이었다. 위험했다. 물론, 제논의 입에서 흘러나온 말이니 분명 어떤 복안을 가지고 있는 것일 게다.

게다가 제논이 직접 퀸과 만나 담판을 지었을 가능성이 농후했다. 허나, 그렇다 하더라도 위험이 줄어드는 것은 아니었다.

그리고 결정적으로 수적인 문제였다. 제논을 비롯해 스웬슨과 아이작스 백작, 그리고 겜블 경과 안톤 경, 라이칸 기사단장과 라이칸 기사 1백이 고작이었다. 그와 달리 제논이 말하는 괴물이라는 것들의 수효는 대략이라도 헤아릴 수 없었다.

키메라들이나 라이칸 혹은 뱀파이어들까지 합한다면 추측조차 할 수 없었다.

"허나, 이것이 최선입니다."

제논 역시 물러서지 않았다. 그의 말대로 이것이 최선이기는 했다. 최소한의 희생으로 얻어낼 수 있는 것이 많으니 말이다. 그에 드라기 백작의 얼굴이 착잡한 표정이 되었다.

"코린 왕국을 부탁합니다."

그때 제논의 입이 떨어졌다. 그 말에 드라기 백작의 눈가가 가늘게 경련했다. 이미 제논은 죽음을 각오하고 있음을 느낀 것이다. 모든 것이 그의 말대로 흘러가고 있었다.

그는 결코 왕좌를 원하지 않았다. 전면에 나서는가 싶더니 다시 물러나고 있었다. 드라기 백작은 허탈한 심정이었다. 겨우 자신의 모든 것을 버리고 물러났거늘 다시 앞에 서라 하고 있었다.

만약 먼저 말을 했더라면 몇몇의 귀족과 기사는 결코 죽지 않아도 되었을 터였다. 하지만 이해하지 않을 수 없었다. 전장의 상황은 수시로 변했고, 그 수많은 변수를 고작 인간의 두뇌로 계획한다는 것은 말도 안 되는 것이기 때문이다.

'여기서 결점을 찍기 위한 승부수를 던져야 한다.'

제논의 생각이었다. 제논은 지금 최고의 패를 지니고 있는 것과 다르지 않았다. 제논은 자신의 실력을 정확하게 알고 있었다.

자신은 정령왕을 소환할 수 있었다. 그것도 단 한 개체의 정령왕이 아니었다. 조금 무리를 한다면 4대 정령왕 모두를 불러낼 수 있었다. 이것은 드래곤이라 할지라도 결코 쉽지 않은 실력이라 할 수 있었다.

그리고 자신만이 있는 것이 아니었다. 이미 최상급을 바라보는 스웬슨이 있었다. 그를 동생으로 맞아들이고 그를 죽음으로 몰아넣는 것 같아 한편으로는 불편한 감이 없지 않아 있었다. 그것은 처음 스웬슨을 동생으로 받아들일 때부터 지속되어 왔던 제논만의 고민이라 할 수 있었다.

예전에 그에게 물은 적이 있었다. 그때 스웬슨은 대체 무슨 말이냐며 오히려 화를 냈었다. 미안하지만 같이할 수밖에 없는 존재가 바로 그였다.

그리고 또 다른 세력이 있었다. 바로 진혈의 뱀파이어인 알렉세이 이노켄티예비치 알토노프였다.

그는 정면으로 밤의 일족에 반기를 들고 때를 기다리고 있었다. 그때가 오면 그는 뱀파이어가 가둔 우리를 뛰어 나올 것이다. 그를 따르는 형제들과 함께 말이다.

그야말로 제논보다 더 뱀파이어를 적대시하는 자였다. 그는 지금까지 그저 젠슨이라는 형제를 보낼 뿐이었다. 절대 앞으로 나서지도, 자신의 존재를 드러내지도 않았다.

허나, 그것은 단 한 번에 적의 숨통을 끊어버리기 위한 지독한 인내심이라고 할 것이었다. 그라면 충분했다. 물론, 아이작스 백작이나 겜블 경, 혹은 안톤 경이 있으나 그들은 인간으로서의 역할을 해야만 했다.

자신이 아닌 드라기 백작을 도와 인간의 왕국을 유지시켜야 했다. 지금 이들을 모두 불러들인 것은 그것을 주지시키기 위해서였다.

"언제든지 불러주시길 바랍니다."

그때 겜블 경이 입을 열었다. 그는 이미 제논의 성정이 어떠한지 알고 있었다. 아이작스 백작도 그러하였고, 안톤 경도 그러하였다. 그들과의 만남이 겨우 몇 년밖에 지나지 않지만 아마도 제논을 알고 지내는 이들 중에 제논을 가장 잘 이해한 사람들이라 할 것이었다.

그러하기에 겜블 경은 제논의 말 그대로 받아들였다. 그러한 겜블 경의 소리에 드라기 백작과 다른 귀족들은 대체 무슨 말이냐는 듯 겜블 경을 바라보았다.

이제야 겨우 승기를 잡고 기틀을 마련하기 시작했거늘 그 중심에 선 자가 빠지겠다고 하는데 그것을 말리지는 못할망정 오히려 더 부추기고 있었다.

"여기서 그들을 상대할 수 있는 인물이 얼마나 된다고 생각하십니까?"

"그야……"

겜블 경은 그러한 드라기 백작과 귀족들의 심정을 익히 알고 있다는 듯이 물었다. 허나, 그 물음에 드라기 백작은 답을 할 수 없었다.

당연히 대적할 사람이 없으니 제논이 있어야 한다고 말을 하겠으나 이미 그들도 알고 있었다.

키메라와 라이칸 슬로 또는 뱀파이어가 노리는 것은 자신들이 아니라 바로 더글라스 후작이나 제논이라는 것을 말이다.

물론, 전투 중에 그들이 전장에 난입하기는 했다.

하지만 제논이라는 존재가 있었을 때 언제나 그들이 나타났다,. 아니 어쩌면 그들이 나타났을 때 제논이 전장에 난입한 것인지도 몰랐다.

그것이 어쨌든 간에 제논과 그들과의 관계는 어쩌면 떼려야 뗄 수 없는 중첩된 우연으로 인해 필연이 되어버린 상황이었다. 만약 그들이 전장에 난입한다면 실로 상상할 수도 없는 결과를 초래할 것이다.

아이작스 백작의 경우 6서클의 마법사인 안톤 경과 마스터인 갬블 경이 있었다. 아이작스 백작 그 자신도 이미 마스터에 올랐고 말이다. 그들의 실력이라면 병력을 온전히 보존하고 그들을 상대할 수 있을 것이다.

허나, 저서클의 마법사를 보유하고 있거나 혹은 마스터가 없는 경우는 보지 않아도 뻔했다. 일례로 키메라 병사들이라는 존재는 마나가 서린 기사의 검에도 그 피부에 생채기조차 낼 수 없었으니 말이다.

당해낼 수 없다.

이것이 결론이었다. 그것을 알고 있음에도 불구하고 드라기 백작은 왠지 모르게 가슴 한쪽이 답답해져 오기 시작했다. 대체 이 전쟁이 누구를 위한 전쟁인지 몰라서였다.

개인적으로 그는 왕좌에 욕심이 있었다. 그것을 위해 미친 듯이 달려왔고, 그것을 포기했을 때 찾아오는 그 허탈감은 이루 형언할 수조차 없었다. 그런데 이게 대체 뭐란 말인가?

드라기 백작의 입구가 씰룩였다. 허나, 이내 허탈하게 웃어버렸다.

"백작의 꿈을 다시 꾸기 바랍니다."

"나의 꿈입니까?"

"이 코린 왕국의 꿈일 수도 있겠지요."

"그 꿈, 패트리아스 백작이 꿀 수는 없는 것입니까?"

"……."

드라기 백작의 말에 제논은 쓰게 웃었다. 자신은 스스로 인간이라 생각하지만 근본적으로는 키메라였다. 실제 자신의 몸은 이런저런 몬스터들의 부산물로 채워져 있으니 말이다.

물론, 그렇다 해서 제논이 몬스터인 것은 아니었다. 그는 보는 그대로 완벽한, 그것도 신비로운 인간의 모습을 하고 있으니 말이다. 몬스터라면 더글라스 후작이 더욱 가까울 것이다.

"나에게는 치러야 할 전쟁이 많습니다."

제논의 말은 많은 의미를 내포하고 있었다. 그는 왕국에 자리를 틀 수 없었다. 이미 제논 그 자신과 뱀파이어와는 틀어질 대로 틀어진 관계.

물론, 지금은 뱀파이어 내부의 권력 관계에 의하여 한시적인 동맹 아닌 동맹의 관계이겠지만 그 동맹에 의하여 그들이 얻고자 하는 것을 얻었을 때 과연 그들은 제논과의 관계를 깨끗하게 청산하려 할 것인가 하고 물으면 당연히 '아니다.' 라고 할 수밖에 없었다.

제논은 그것을 알고 있었다. 그리고 그들도 알고 있었다. 자신들과 제논과의 싸움은 코린 왕국의 뱀파이어들이 모두 사라진 그 순간부터 시작이라는 것을 말이다.

"어쩔 수 없군요."

드라기 백작이 인정을 했다. 제논은 자리에서 일어섰다. 드라기 백작에게 아이작스 백작 가문이라는 인간으로서 탐할 수 있는 가장 최고의 동반자를 맺어주고 그는 자리를 벗어났다.

드라기 백작은 아무런 말없이 더글라스 후작과 스웬슨, 그리고 젠슨을 대동하여 지휘관 막사를 벗어나는 제논의 뒷모습을 바라보았다. 그의 등을 바라보는 드라기 백작의 표정은 이루 형언할 수 없을만큼 착잡해 보였다.

그때 드라기 백작이 어깨 위로 무언가 올려지는 느낌이 들었다. 드라기 백작은 그 손의 주인공을 찾았다. 바로 아이작스 백작이었다.

"코린 왕국을 위하여."

그 한마디를 하는 아이작스 백작이었다. 그에 드라기 백작의 눈동자는 반짝 빛을 내었다. 이 나이 어린 백작은 오히려 자신을 위로하고 있었다. 허탈해하는 자신을 끌어 올리고 있는 것이었다.

"코린 왕국을 위하여."

드라기 백작은 나직하게 아이작스 백작의 말을 되뇌었다.

짜악!

그때 겜블 경이 손바닥을 마주쳤다. 적막하다 싶을 정도의 막사에 그의 손뼉 소리가 울려 퍼졌다. 모든 시선이 겜블 경을 향했다. 겜블 경은 그러한 귀족들과 기사들을 바라보았다.

"새로운 코린 왕국을 만들기 위해서는 여기 계신 분들의 힘을 모아야 합니다. 인간은 인간의 방식대로 싸우면 되는 것입니다. 패트리아스 백작께서 그들을 담당하시니 오히려 수월해진 것이지요."

단순 명쾌하게 말을 하는 겜블 경이었다. 그리고 해서 씁쓸한 감정을 느끼지 못할 것인가? 그 또한 인간이기에 패트리아스 백작을 이용하는 것 같은 지금의 상황을 결코 달가워하지 않음은 불 보듯 뻔한 것이었다.

"그렇군요. 자! 다들 생각해 봅시다. 이 왕국을 구하기 위해서 말이지요."

"옳소. 그래야 하지요. 그렇고말고요."

귀족들과 기사들이 정신을 차렸다. 그리고 조금 전보다 더 열정적으로 회의에 몰입하기 시작했다. 그러한 이들을 바라보며 아이작스 백작은 슬며시 웃음을 지었다.

이로써 정리가 된 것이었다. 제논은 또다시 자신들에게 커다란 짐을 지우고 사라졌다. 인간의 전쟁은 인간들에게 맡기고 인간이 아닌 괴물들의 전쟁은 그가 맡기로 했다.

아이작스 백작의 시선이 이미 사라진 제논의 자리를 바라보고 있었다.

"아이작스 백작은 어찌 생각하오?"

"아! 그것은……."

막사 안은 조금씩 그 열기를 더해가고 있었다. 그러한 이들을 뒤로하고 제논은 막사를 나와 천천히 걸어가고 있었다. 그의 곁에는 예의 더글라스 후작과 스웬슨, 그리고 젠슨이 있었다.

"젠슨!"

"하실 말씀이라도."

"안토노프를 만나야 할 것 같다."

"……!"

제논의 말을 젠슨은 알아들었다. 그는 곧바로 격동에 찬 모습을 보였다. 그가 안토노프를 만나고자 한다면 이제 때가 되었다는 것을 의미하기 때문이다.

"때가 된 것입니까?"

"더 이상의 희생은 무의미하니까."

"알겠습니다."

그 말을 남기고 젠슨이 떠나갔다. 그가 언제 올지는 몰랐다. 허나, 그는 분명 돌아올 것이다. 그동안 제논은 준비를 하면 되었다.

"이대로 괜찮겠나?"

"괜찮지 않을 것이 있겠습니까?"

"자네, 너무 담담한 것 아닌가?"

제논은 더글라스 후작을 바라보았다. 그리고 슬며시 미소를 떠올렸다. 허나, 떠오를 때보다 더욱 빠르게 사라졌다.

"이미 한 번 죽었던 목숨입니다. 지금은 여분의 삶을 살고 있을 뿐입니다."

"자네는 후회 없나?"

"후회라……."

후회라는 말에 제논은 잠시 가던 걸음을 멈췄다. 후회라면 있었다. 클라렌스에게 자신이 마음을 고백하지 못한 것이 후회라면 후회라고 할 수 있었다.

하지만 한편으로는 그것이 더 나을 수도 있을지도 모른다는 생각이 들었다. 그녀의 삶 속에 자신이 파고들지 않은 것이 그녀에게는 오히려 다행일지 몰랐다.

"아무리… 노력해도 후회는 언제나 남는 법이더군요."

"그래. 그렇군. 우문에 현답이로군."

제논의 말에 더글라스 후작 역시 무언가 느끼는 것이 있었던지 선뜻 동의했다. 그는 제논의 지금 심정을 충분히 이해할 수 있을 것 같았다. 그와 비슷한 경로를 밟아온 자신이었으니 말이다.

"허면, 그전에 할 일이 있겠지?"

"물론입니다."

"어디로 가면 되나?"

"왕궁입니다."

"허~"

할 말이 없었다. 본격적인 전쟁이 시작되기 전에 사전에 정지작업을 할 곳이 이 코린 왕국의 왕궁이라니. 왕궁이라 하면 국왕이 사는 곳을 말함이었고, 그곳에 볼일이 있다 함은 바로 국왕에게 볼일이 있다는 것을 의미한다.

"국왕도 뱀파이어가 된 것인가?"

"그렇습니다."

"몹쓸 사람이로구만."

씁쓸한 더글라스 후작의 표정이었다. 제논은 그러한 더글라스의 표정을 빤히 바라보았다. 묘하게 아쉬움이 묻어나는 더글라스 후작의 얼굴이었다.

"언제 출발할 건가?"

"지금입니다."

"그렇군. 그런 일은 빠를수록 좋지. 가세나."

제논을 필두로 두 거인이 움직였다. 스웬슨과 더글라스 후작이 움직이자 마치 산이 움직이는 것 같았다. 그렇게 그들은 왕궁을 향해 출발하고 있었다.

그들이 그렇게 준비를 하는 동안 다른 장소에서는 다른 준비가 이뤄지고 있었다.

퀸이 존재했고, 당대의 헤밀턴 공작이 존재했으며, 오브레임 후작과 크리스티나가 있었다. 그리고 전대 헤밀턴 공작의 손님으로 지금껏 헤밀턴 공작 가문에 머물고 있는 마커스 그레이븐이라는 자 역시 있었다.

"그가 프로토타입이라는 것이 사실입니까?"

"그래요."

"그것을 어찌 아신 것입니까?"

"……."

마커스 그레이븐의 물음에 퀸은 잠시 입을 다물었다. 그에 그레이븐이 다시 물었다.

"곤란한 질문입니까?"

"아니. 부탁을 받았지요."

"부탁이라 함은."

그레이븐의 물음에 퀸은 크리스티나를 바라보았다. 그에

크리스티나는 오브레임 후작을 바라보았다. 시선을 따라가
던 그레이븐은 이내 부탁에 대한 경로를 찾을 수 있었다.

그레이븐은 가볍게 고개를 끄덕였다.

"무슨 부탁입니까?"

"클라렌스 프라네리온을 죽여 달라는 부탁이지요."

"그 와중에 프로토타입을 만난 것입니까?"

"그렇다고 할 수 있겠군요."

"제압할 수 없었습니까?"

"……."

그레이븐의 물음에 퀸은 슬며시 그를 바라보았다. 그에 그
레이븐은 자신이 실수를 하고 있다는 것을 깨달았다. 퀸은 자
신이 우러러 보는 존재이지, 취조할 수 있는 그런 존재가 아
니었다.

그녀는 로드를 제외하고는 그 누구에게도 취조를 당할 존
재가 아니었다. 마커스 그레이븐이 아무리 가디언의 수장이
고 원로의 일원이라 할지라도 결코 그녀를 넘볼 수는 없음이
었다.

"크음, 죄송합니다. 제가 선을 넘었군요. 부디 용서를."

"사과를 받도록 하지요."

"퀸의 너그러움에 감사드립니다."

간단하게 고개를 끄덕이는 퀸이었다. 그녀의 모습은 오만

했으나 이곳에 있는 모든 이들은 오히려 그것을 당연하다는 듯이 여기고 있었다.

"중요한 것은 그가 프로토타입이라는 것이 아니지요."

"허면……."

"크리스티나!"

그레이븐의 물음에 퀸은 답하지 않고 크리스티나를 불렀다. 그에 크리스티나는 달콤한 목소리로 답을 했다.

"너의 동생이 가문으로부터 파문당할 때 이상함을 못 느꼈느냐?"

크리스티나는 일순 답을 하지 못했다. 그러다 곰곰이 생각에 잠겼다. 이미 오래전의 일이라 할 수 있었다. 허나, 영생을 사는 뱀파이어에게는 잠깐의 시간. 그러함에도 크리스티나가 생각에 잠긴 것은 지금 이 상황에 대한 적절한 대응을 찾기 위해서였다.

"그녀는… 상당히 고서클의 마법을 자연스럽게 사용한 것 같았어요."

"고서클의 마법이라……. 어느 정도?"

"저의 눈과 감각을 속일 정도의 마법이지요."

"확실히 그렇구나."

"그녀에게… 무슨 다른 것이 발견되었나요?"

약간은 걱정스럽다는 듯이 묻는 크리스티나였다. 모르는

이가 본다면 언니가 동생을 걱정하는 그런 유의 지극한 심정이 느껴질 정도로 말이다.

"나는 그녀에게서 드래곤을 보았다."

"……."

일순 적막함이 감돌았다. 누군가 그들의 뒤통수를 세게 내려친 듯 그저 멍한 그런 상태로 꽤 긴 시간이 흘렀다. 아무도 입을 열 수 없었다. 드래곤이란 그들에게 있어서 그런 존재였다.

"드래곤은… 멸족했습니다."

마침내 마커스 그레이븐 원로가 입을 열었다. 원로인 것은 그만큼 살아온 세월이 높기 때문이기도 하지만 세상사에 밝기 때문이기도 했다. 그가 원로이면서 가디언이 수장을 맡은 이유도 그러한 것이었으니까.

"보았나?"

"물론… 보지는 못했습니다. 허나, 로드께서……."

"로드 역시 보지 못했어요."

"그건……."

뭐라 반박할 말을 찾고자 했지만 퀸의 말은 정확했다. 과거 4천 년 전, 로드는 드래곤 로드와 담판을 지었다. 그리고 로드는 거의 죽음에 이르는 커다란 상처를 입고 돌아왔다.

그 후 로드는 드래곤 로드에 관해 어떠한 말도 하지 않았다. 뱀파이어들 역시 그에게 묻지 않았다. 당시 뱀파이어들에게 중요한 것은 로드가 살아 돌아왔고, 자신들은 멸족을 면했다는 것이었다.

"세상은 우리가 영생을 산다고 생각하지요. 하지만 영생의 존재라기보다는 영속적인 존재가 있지요. 바로 드래곤입니다. 사라졌다 하나 사라지지 않는 존재. 그게 바로 드래곤이지요."

퀸의 말에 이 자리에 앉아 있는 모든 이가 가볍게 몸을 떨었다. 뱀파이어들은 드래곤이라는 존재에 굉장히 민감했다. 또한 복수마저 포기하게 할 정도로 대단한 존재가 드래곤이었다.

"그가 말했지요. 과거의 잊혀진 존재가 돌아올 것이라고."

"잊혀진 존재라 함은……."

"엘프!"

"드워프!"

"노움!"

"그리고 정령!"

헤밀턴 공작, 크리스티나, 오브레임 후작, 마지막으로 마커스 그레이븐 원로의 말이었다. 각자 한마디씩 내뱉은 그들의 얼굴은 딱딱하게 굳어졌다.

그들의 천적은 엘프였다. 그들을 소멸시킬 수 있는 무구를 제작할 수 있는 존재는 드워프였으며, 인간에서 뱀파이어가 된 이들을 안식에 들게 할 존재는 노움이었다.

드워프와 노움이 뱀파이어의 반대편에 서게 한 정령이라 는 존재. 그 정령을 가장 잘 다루는 존재가 바로 엘프였다.

그러기에 엘프는 뱀파이어의 천적이라 할 수 있었다. 지 극히 순수하며 자연적인 존재. 엘프가 사라졌기에 뱀파이어 가 이리도 융성해질 수 있었음을 이들은 너무도 잘 알고 있었 다.

"또한, 프로토타입은 이미 정령을 다루고 있었지요."

"무슨……."

"말도 안 돼!"

그들은 경악할 수밖에 없었다. 확실히 말도 안 되는 소리이 기는 했다. 그 옛날 정령이 존재하고 엘프, 드워프, 노움이 모 두 존재했을 당시에도 인간들 중에는 정령이라는 존재가 지 극히 드물었다.

헌데, 그 모든 존재가 잊혀진 지금에 와서 정령이 나타났 다. 그것도 인간이 정령사가 되어 나타난 것이었다.

"내 말을 믿지 못하는 것인가요?"

나직한 퀸의 말에 다들 황급히 부정했던 입과 표정을 바꾸 었다. 그녀가 자신들을 기만할 이유가 없기 때문이었다.

한편으로는 이해할 수도 있었다. 잊혀진 존재의 귀환이니까 말이다. 심지어는 뱀파이어들 사이에서도 어둠의 정령을 다루는 존재가 극히 드물었다. 그중 퀸이 바로 어둠의 정령을 다루고 있었다.

4대 정령이든 어둠의 정령이든 간에 순수한 정령이었다. 타락한 정령이란 없었다. 타락한 정령은 현세에 드러나 몬스터가 된다.

그 대표적인 것이 바로 오크다. 그들은 흙에서 태어난 정령이었으나 욕심을 가지고 더럽혀짐으로써 스스로 정령을 버렸다.

몬스터 중에는 그들보다 강한 몬스터가 많으나 가장 많은 개체수와 함께 언제나 가장 강력한 존재감을 내뿜는 연유가 바로 거기에 있었던 것이다.

가장 순수하기 때문에 정령이라 할 수 있었다. 뱀파이어 중 그 누구도 그녀를 대신할 수 없는 연유였다.

"믿습니다. 허나 너무 갑작스러운 말이라서."

"갑작스럽긴 하나 이제는 상대를 똑바로 파악하고 제대로 된 대처를 해야 해요."

퀸은 조용하게 앉아 있는 오브레임 후작에게 시선을 두며 입을 열었다. 순간 오브레임 후작은 등골이 서늘해짐을 느꼈다. 마치 발가벗겨져 서 있는 것 같은 느낌이 들었다.

"죄송… 합니다."

위축된 듯 오브레임 후작이 입을 열었다. 허나, 퀸은 그의 다음 말을 듣지 않았다.

"언제까지 그렇게 위장하고 있을 것인가요?"

"무슨……."

퀸의 말에 오브레임 후작이 심장 박동 수는 급격하게 치솟아 올랐다. 다른 이들은 대충 짐작하고 혹은 '그러지 않을까?' 하고 생각할 동안 퀸은 오브레임 후작의 진정한 모습을 보고 있었던 것이었다.

'알고… 있었던가? 그녀는… 진정으로 무서운 자다.'

오브레임 후작은 마른침을 삼킬 수밖에 없었다. 누구도 모른다고 생각했다. 모두를 완벽하게 속였다고 생각했다. 허나, 그저 모른 척했을 뿐 모르는 것이 아니었다.

그 예로 헤밀턴 공작과 크리스티나는 퀸의 말이 사실이냐는 듯한 눈동자를 보였고, 마커스 그레이븐은 그저 그런가 보다 하는 태도에서 드러났다. 수백, 수천 년을 살아온 퀸과 원로들이었다.

그들이 어찌 오브레임 후작의 낮은 술수를 모를 수 있겠는가?

"권력을 탐하는 것이 나쁜 일은 아니지요. 뱀파이어는 탐욕의 존재. 탐욕을 가지는 것은 당연한 것이지요. 허나, 위기 상황에서는 잠시 그 탐욕을 내려놓고 일족을 위해야 해요."

마치 누나가 잘못한 동생을 타이르듯 말하는 퀸이었다. 오브레임 후작은 더 이상 그녀에게 자신을 숨길 수 없음을 깨달았다.

"전력을 투사하란 말씀입니까?"

"그렇지 않다면 그를 제거할 방법이 있나요?"

"그건……."

"알다시피 코린 왕국의 일은 이미 헤밀턴 공작 가문과 귀가문에 맡겨졌지요. 허면, 그에 합당한 능력을 보여야 함이에요. 지금까지는 그의 실체를 몰랐기에 그랬다고 생각하도록 하지요."

"크흐음."

퀸의 말에 헤밀턴 공작은 불편한 듯한 헛기침을 내비쳤다. 허나, 그런 헤밀턴 공작의 반응을 신경 쓸 퀸과 그레이븐 원로가 아니었다. 그들은 당연하다는 듯이 여기는 표정이었다.

"지원은……."

헤밀턴 공작의 말에 슬며시 웃음을 떠올리는 퀸이었다. 그 웃음의 의미가 무엇인지 묘하게 심장을 울렁거리게 했다. 유혹하는 듯한, 혹은 비웃는 듯한, 그러면서도 절대 반감을 가질 수 없게 하는 그런 것이었다.

"능력을 보이세요. 헤밀턴 공작 가문은 진혈의 반열에 그

기반을 닦기 위해서는 반드시 이번 일을 해결해야 할 거예요."

퀸의 시선은 헤밀턴 공작이 아닌 크리스티나에게 향해 있었다. 크리스티나는 담담하게 퀸의 시선을 받아 넘겼으나 마음까지 그렇게 담담하지는 못했다.

모든 것을 꿰뚫어 보고 있는 퀸의 눈동자에 크리스티나는 지독한 배신감, 혹은 모멸감을 느끼고 있었다. 알면서도 모든 것을 용납하고 높은 곳에서 자신을 가지고 놀고 있었던 것이다.

탁자 밑으로 내려져 있는 크리스티나의 새하얀 손이 둥글게 말려졌다.

꾸우욱!

손톱이 살을 파고들도록 꽉 쥐었다. 그녀의 손은 새하얗게 변하며 부들부들 떨리고 있었지만 얼굴은 웃고 있었다.

"물론입니다. 퀸이시여!"

퀸과는 전혀 상반된 아름다움을 가진 크리스티나. 그녀의 얼굴에 화사하며 청결한 웃음이 떠올랐다. 마커스 그레이븐 원로는 그러한 크리스티나의 태도에 만족했다.

허나, 퀸은 알 수 있었다. 독이 오를 대로 올랐다는 것을 말이다. 허나, 지금의 이 순간을 넘기지 못하면 그녀는 그저 그런 뱀파이어가 될 수밖에 없었다. 퀸이란 아무나 함부로 넘볼 수 있는 자리가 아니기 때문이었다.

퀸은 퇴폐적이고 끈적한 미소를 떠올리며 자리에서 일어섰다. 그리고 그들을 내려다보며 입을 열었다.

"기대하고 있지요."

퀸의 모습이 사라졌다. 검은 연기가 되어 어둠 속으로 스며든 것이었다. 그에 그레이븐 원로 역시 자리에서 일어섰다.

"내가 있을 자리는 아닌 것 같군. 그럼 이만."

그마저 일어났고, 남은 세 명은 침묵을 지켰다.

"이제는 한배를 탄 건가요?"

크리스티나가 붉은 입술을 나풀거리며 입을 열었다. 그녀의 입에서 달콤한 향기가 흘러나왔다. 머리가 어지러울 정도로 말이다.

"처남이 먼저 하겠나?"

"그래주시면 고맙지요."

오브레임 후작은 숨기지 않았다. 가슴을 활짝 펴고 말을 했다. 그런 오브레임 후작의 모습에 헤밀턴 공작은 진득한 웃음을 지어 보였다. 날카로운 송곳니가 드러났다.

"믿어보겠네."

"그 믿음에 부응하도록 하겠습니다."

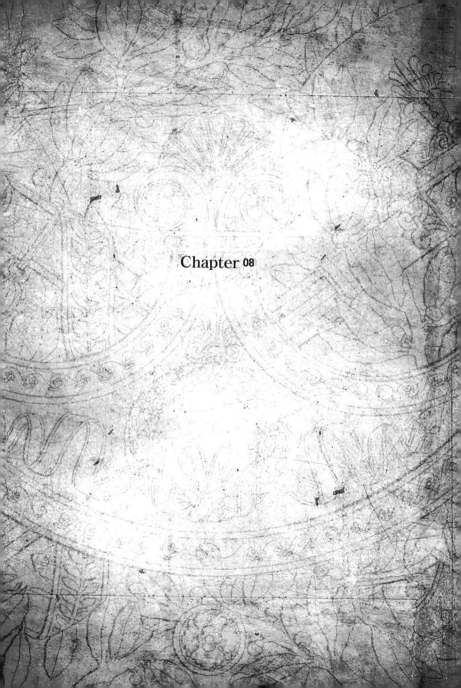

Chapter 08

제논은 왕궁을 한눈에 내려다 볼 수 있는 높다란 산마루에 올라 있었다. 제논을 따르는 인원이 조금 늘었다. 더글라스 후작과 스웬슨, 그리고 젠슨. 거기에 안토노프가 더 있었다.

안토노프와 젠슨은 제논이 요튠하임에서 출발한 지 불과 하루 만에 그들과 합류했다. 안토노프는 그 혼자만 합류한 것이 아니었다. 그를 따르는 수많은 라이칸 중에서 전투에 특화된 이들만 특별히 추려서 합류했다.

그 인원은 자그마치 3천에 이르는 대규모 인원이었다. 그 구성을 보면 안토노프와 같은 진혈이 무려 1백이었고, 1세대

라이칸이 2천에 이르렀다. 그럴 수밖에 없는 것이, 2세대부터는 안토노프를 아는 이가 적었기 때문이었다.

안토노프는 존재했으나 그의 반대편에 있는 알렉산드르 세르게예비치에 의해 철저하게 그의 대외적인 활동에서 제외되었다. 그들의 문제는 그들의 문제일 뿐, 결코 뱀파이어와 연결시키려 하지 않았다.

안토노프라는 존재는 이미 밤의 일족이든 달의 일족이든 간에 모두에게 서서히 잊혀지고 존재하지 않을 뿐이었다. 뱀파이어 입장에서는 과거의 치욕 때문이고, 라이칸 슬로프는 권력 싸움에서 밀려났기 때문이었다.

때문에 그의 전력은 2세대나 3세대보다는 1세대, 혹은 그의 진정한 모습을 아는 진혈로 구성되어 있었다. 젠슨은 원래 2세대 라이칸 슬로프였으나 스웬슨가 어울리면서 1세대로 성장한 특이한 경우라 할 수 있었다.

그리고 젠슨과 함께 제논을 지원했던 이들은 모두 2세대 혹은 3세대 라이칸으로서 대부분 안토노프를 따르는 인원이었다. 그러하니 실제 안토노프는 진혈과 1세대로 이루어졌다고 해도 과언이 아니었다.

안토노프는 제논과 합류하자마자 자신이 젠슨과 함께 2세대 혹은 3세대의 라이칸 슬로프를 딸려 보낸 연유를 설명하였다. 그동안 그에 대해 어떠한 설명도 없었기 때문이었다.

"그들은 나를 전력에서 제외하고 마치 없는 것처럼 대했지만 여전히 나를 경계하고 감시하고 있소. 어쩔 수 없는 선택이었소."

사과를 하는 것이었다. 기껏 동맹을 맺은 후 그가 보낸 전력은 가장 하급의 전력이었기 때문이다. 하지만 그것 역시 당시의 안토노프에게 상당히 위험천만한 결정이라 할 수 있었다.

만약 1세대나 2세대의 라이칸을 보냈다면 당장 자신이 이룬 모든 것이 한순간에 물거품이 되었을 것이다. 아무리 안토노프가 그들의 눈을 속일 수 있었다고는 하나 1세대 혹은 진혈은 중요한 전력이었기 때문이다. 그러한 이들이 어떠한 이유도 없이 사라진다는 것은 있을 수 없는 일이었다.

그리고 2세대와 3세대는 그들의 감시의 눈에서 상당히 자유로웠다. 뱀파이어들 역시 1세대까지는 자신이 종족이라 생각하지만 2세대 혹은 3세대는 그저 버리는 존재로 생각하고 있었다.

그것은 라이칸 역시 마찬가지였다. 진혈과 1세대. 그리고 2세대와 3세대는 전혀 다른 존재라는 인식을 같이한다. 진혈에서 1세대가 낮아지면 라이칸 고유의 피가 80%이지만 2세대로 가면 50%로 뚝 떨어지고 3세대는 겨우 20% 내외의 특성을 지닌다.

인간에 가깝다고 할 것이다. 그런 이들을 어찌 사용할 것인가? 라이칸이나 뱀파이어 입장에서는 상당히 쓸모없는 전력이겠으나 그 쓸모없는 전력이 인간과 대적한다면 그야말로 불사의 전사가 되었다.

안토노프는 그것을 이해시키고 싶었다. 동맹을 맺은 이상, 같은 목적을 가지고 있는 이상, 서로에게 조금의 앙금이나 의심이 있어서는 힘들 것이라 생각했기 때문이다.

또한, 당시에는 솔직히 제논을 믿지 못했다고 해야 할 것이다. 아무리 담대하다 할지라도 처음 본 이에게 선뜻 고급 전력을 내어준다는 것은 멍청한 짓이니까 말이다.

"이해하오."

제논은 처음과 달리 안토노프에게 경어를 사용했다. 분명한 선 긋기이지만 안토노프는 한 무리를 이끄는 수장이었다. 그리고 그는 자신과 전혀 다른 존재. 또한 적이 아니니 충분히 존대를 받을 만한 존재라 할 수 있었다.

"고맙구려."

안토노프는 맥이 빠진 모습이었다. 잔뜩 설명하고 이해시킬 것을 준비해 왔는데 단 한 번에 그 모든 것을 허탈하게 만들어 버렸으니 말이다. 하지만 이 또한 좋다고 생각하는 안토노프였다.

지금은 힘을 합쳐야 할 때이다. 같은 목적이니 오히려 그

편이 더 나을 것이었다. 세세하게 따지는 것은 권력을 나누고 위와 아래, 즉, 서열을 정할 때나 필요한 것이었다.

'말이 통하는 존재로군.'

안토노프는 제논을 그렇게 판단했다. 말이 통한다 함은 생각이 통한다는 말과 다르지 않았다. 그러하니 행동하기가 훨씬 수월할 수밖에 없었다.

"소개하겠소. 의동생 스웬슨 패트리아스요."

"반갑소."

"반갑수."

제논은 스웬슨을 먼저 소개했고, 안토노프는 고개를 살짝 숙이며 반가움을 표했다. 스웬슨 역시 손을 들어 반가움을 표했다.

'어디서 저런 괴물을……'

스웬슨을 처음 본 안토노프의 생각이었다. 안토노프는 진혈의 라이칸 슬로프. 그가 변신을 한다면 2미터에 가까운 체구가 된다. 허나, 스웬슨의 체구는 거구라 불리는 자신들의 변신한 모습보다 훨씬 컸다.

그리고 그에게서 전해져 오는 강대함은 진혈과 전혀 다르지 않은 전투력이었다. 진혈의 라이칸 슬로프는 진혈의 뱀파이어만이 상대할 수 있었다. 비록 피의 각인에 의해 뱀파이어를 어찌할 수 있는 존재는 드물지만 말이다.

"의형인 제레미 더글라스 후작이오."

"들은 적 있소. 반갑소."

"반갑소."

더글라스 후작은 어느새 제논이 의형이 되어 있었다. 더글라스 후작은 그 두툼한 손을 내밀어 안토노프에게 악수를 청했다. 그에 안토노프는 조금 당황스러운 표정을 지었다.

더글라스 후작의 내민 손이 대체 무엇을 의미하는지 몰랐기 때문이었다. 그에 더글라스 후작이 웃음을 떠올리며 입을 열었다.

"적의가 없음을 의미하는 것이오. 무기를 들고 있지 않음을 표현하며 우호의 표시지요."

"아! 좋은 의미구려."

안토노프 역시 오른손을 내밀어 더글라스 후작의 손을 맞잡았다. 일반인이 보았을 때 더글라스 후작이 얼굴은 징그럽다. 그럴 수밖에 없는 것이 그의 신체와 얼굴은 완벽한 오크였기 때문이었다.

허나, 그러한 것이 안토노프에게 거부감을 줄 수는 없었다. 안토노프는 수천 년을 살아온 존재였다. 불멸의 존재와 함께 살아왔으니 말이다. 그러한 그가 더글라스 후작이 시선을 회피할 이유가 없었다.

그렇게 안토노프는 제논의 일행에 합류했다. 그리고 지금 이곳에 서 있었다. 어둠 속에 은밀히 3천의 라이칸이 숨을 죽이고 있었고, 제논을 비롯한 더글라스 후작, 스웬슨, 그리고 안토노프는 높디높은 나무 끝에서 왕성을 내려다보고 있었다.

"그들이 뱀파이어가 되었다면 그들은 이미 우리의 존재를 알고 있을 것이네."

안토노프가 입을 열었다. 뱀파이어는 본능적으로 라이칸 슬로프를 느낀다. 동족은 아니나 자신들의 낮을 지키는 동료 이상인 라이칸 슬로프의 존재를 느끼지 못한다면 오히려 그것이 더 이상하다 할 것이었다.

"그렇겠지요."

그것은 제논도 알고 있었다. 밤은 그들의 시간이고 공간이니까. 그렇다는 것은 저 고요해 보이는 왕성이 완벽하게 준비가 끝나 있음을 의미했다. 어떻게 보면 섶을 지고 불 속으로 뛰어드는 꼴이 될 것이었다.

허나, 결정적으로 저들은 이곳에 도착한 라이칸 슬로프가 결코 진혈 혹은 1세대의 라이칸임을 모른다는 것이다. 저 왕성에 진혈이나 혹은 마스터가 있다면 모를까.

"이대로 진격할 것인가?"

안토노프는 어느새 제논에게 말을 내리고 있었다. 짧은 며칠 동안 안토노프는 더글라스 후작과 마음이 통했던지 호형

호제를 했고, 그러다 보니 더글라스 후작과는 의형제 사이인 제논에게 말을 내리게 된 것이었다.

허나, 그렇다고 해서 완전히 말을 내릴 수는 없었다. 그러기에는 제논이 가지는 위치가 결코 낮지 않기 때문일 것이다. 안토노프 그는 라이칸 슬로프임에도 불구하고 전혀 라이칸이라 볼 수 없을 정도의 인물이었으니 말이다.

"그렇습니다."

"흐음. 에루슬란!"

"명을 받습니다."

제논의 말에 안토노프는 누군가의 이름을 호명했다. 그에 커다란 나무 아래 은신하고 있던 한 명이 서 있는 자리에서 그대로 뛰어 올라 안토노프의 발치에 무릎을 꿇고 고개를 숙이며 명을 받았다.

"그대에게 전투 사령관의 자리를 명한다. 단 한 명도 빠져나가선 안 될 것이다."

"로드의 뜻대로."

에루슬란 라자레비치.

그는 진혈의 라이칸으로 굳이 따지지만 안토노프 바로 아래 서열의 원로 중의 원로였다. 안토노프가 없음에 그의 자리를 대행할 자로는 최적임이라 할 수 있었다.

에루슬란이 명을 받고 나무 아래로 내려가 로드의 명을 전하고 일사불란하게 움직이기 시작하는 3천의 라이칸이었다.
그들은 전투에 참여하지 않는다. 왕궁을 포위하는 것이 그들
의 임무라 할 수 있으니 말이다.

3천으로 왕궁을 포위한다는 것이 말이 안 되는 것이긴 하
지만 진혈과 1세대의 라이칸이라면 충분히 그럴 만도 하였
다. 그리고 그들이 전투에 참여하지 않는다 해서 결코 전투를
치르지 않는 것은 아니었다.

그들은 단 한 명도 왕궁 밖으로 사람이나 라이칸, 또는 뱀
파이어를 내보내지 않을 터이니까. 그들이 강제로 왕궁을 벗
어나려 한다면 결국 치열한 전투가 이뤄질 것이었다.

제논의 신형이 떠올랐다. 그러한 제논의 신형을 보며 더글
라스 후작은 불만스러운 표정을 지었다. 어떻게 해서 거대한
나무 꼭대기까지는 올라올 수 있었으나 거대한 몸뚱아리를
공중에 띄울 수는 없었기 때문이었다.

그것은 스웬슨이나 혹은 안토노프 역시 마찬가지였다. 허
공에 몸을 띄울 수 있는 존재는 오직 제논 그 혼자뿐이었다.

"쩝. 천상 또 걸어가야만 하는 것이로군."

투덜거리는 더글라스 후작의 말에 제논은 살짝 미소를 떠
올리고 있었다.

"문을 열 것입니다. 그때 들어오시길."

"그래? 그러지, 뭐. 가자, 동생아."

"알았수."

더글라스 후작이 거대한 배틀 엑스를 어깨에 걸치자 스웬슨은 고개를 끄덕이며 더글라스 후작을 따랐다. 안토노프는 그 둘을 바라보다 나직하게 한숨을 내쉬며 고개를 저었다.

뒷모습만 본다면 그 둘은 완벽한 쌍둥이라고 할 수밖에 없었으니까. 커다란 배틀 엑스나 거대한 산처럼 단단하게 뭉쳐진 근육, 그리고 사람으로 보이지 않는 거대한 체구까지 말이다.

"형님은 안 오슈?"

"어? 아! 간다, 가!"

어느새 더글라스 후작과 스웬슨의 말투는 점점 닮아가고 있었다. 평민 중의 평민이었던 스웬슨과 귀족 중의 귀족이었던 더글라스 후작이 말이다. 참으로 아이러니한 의형제였다.

그들이 그렇게 산책하듯 천천히 왕궁의 정문으로 향하는 동안 제논은 어두운 공간을 건너 왕궁을 둘러싼 벽 한가운데로 홀홀 떨어져 내리고 있었다.

그가 왕궁을 둘러싼 성벽에 발을 내딛자마자 두 명의 인물이 모습을 드러내었다. 둘을 보던 제논의 입이 조용히 열렸다.

"오랜만이로군, 아담 라로쉬 국장."

그렇다. 그 두 인연은 아담 라로쉬 특수 작전 국장과 마이클 레빗 블랙 맘바의 길드장이었다. 현 국왕의 오른팔이자 어두운 뒷면을 해결하는 존재들.

허나, 그들은 지금 사람이 아닌 뱀파이어가 되어 있었다. 그것도 국왕으로부터 직접 피의 전승을 이어받은 2세대 뱀파이어라 할 수 있었다. 그들이 어찌 이곳에 모습을 드러낸 것일까?

"기다리고 있었습니다."

라로쉬 국장의 말에 제논은 시선을 그의 옆에 있는 이에게로 향했다. 그에 라로쉬 국장은 고개를 끄덕이며 입을 열었다.

"소개하겠습니다. 블랙 맘바의 길드 장이신 마이클 레빗 백작이십니다."

"반갑소."

"반갑소."

라로쉬 국장의 말에 서로에게 반갑다는 인사를 전하는 둘이었다. 허나 조금은 서먹했다. 인간과 뱀파이어로 만났고, 처음 본 사이니까.

"아리에는 잘 있습니까?"

"잘 있소."

단답형으로 대답하는 제논이었다. 허나 레빗 백작은 별로 개의치 않는 듯한 모습이었다. 아리에란 바로 자신이 오랜 불

알친구인 아리에 와르셀을 지칭하는 것이었다.

잘 있다는 말 한마디에 그의 얼굴에는 희미한 미소가 떠올랐다.

"워낙 숫기 없는 놈이라 잘 적응할지 모르겠습니다. 머리 쓰는 것을 제외하고는 할 줄 아는 게 없는 놈이라 말입니다."

"그 머리 때문에 코린 왕국은 새롭게 태어나게 될 것이오."

"그렇군요. 그렇다면 다행입니다."

무척이나 안도한 한숨을 내쉬는 레빗 백작이었다. 그것은 진한 아쉬움이었다. 왕국의 미래를 함께 보지 못한다는 것에 말이다. 그러한 모습에서 제논은 그들의 마음가짐을 알 수 있었다.

이들의 끝은 이미 정해져 있었다. 모든 것이 끝났을 때 이들은 살아 있지 않을 것이다. 자신들이 사라져야만 이 왕국이 제대로 선다는 것을 알기에 스스로 목숨을 버릴 생각을 하고 있는 것이었다.

"끝은 결코 끝으로만 있지 않을 것이오. 새로운 시작일 수도 있음이니 지금의 생각을 조금만 바꾼다면 새로운 코린 왕국에 무척 도움이 될 것이오."

제논의 의도는 명백했다. 함부로 목숨을 버리지 말라는 말일 것이다. 그리고 모든 것이 끝난 이후에도 살아남아 왕국이 발전하는 것을 보라는 뜻일 게다.

하지만 레빗 백작과 라로쉬 국장은 고개를 가로저었다.

"저희는 2세대입니다. 1세대를 뛰어넘을 수는 없지요. 진혈 역시 마찬가지이고, 원로와 가디언, 그리고 로드와 퀸을 감당할 수 없습니다. 저희가 존재하는 것보다 존재하지 않는 것이 오히려 왕국에 도움이 될 것입니다."

의사는 확고했다. 그들은 자신들의 힘이 약하다는 것을 명확하게 인지하고 있었다. 자신들이 살아남아 왕국을 위해 일을 한다면 그것을 빌미로 또다시 뱀파이어들이 준동할 수 있음을 너무도 잘 알고 있었다.

그래서 모든 일이 끝난 후 사라져야만 했다. 그래야 뱀파이어들에게서 시간을 벌 수 있었다. 아무것도 없는 것에서 새로 시작하는 것과 조그마한 티끌로부터 시작하는 것은 천양지차이니까 말이다.

"그대들의 뜻이 그러하다면."

"고맙습니다. 어쨌든 따라오시지요. 안내하겠습니다."

"부탁하오."

레빗 백작은 제논을 안내하기 위해 자리를 잡으며 라로쉬 국장에게 눈짓을 보냈다. 그에 라로쉬 국장은 고개를 끄덕이며 왕궁의 정문 경비청이 있는 곳으로 향하고 있었다.

"가시지요."

"……."

레빗 백작은 손을 내밀어 안내 방향을 말해줬고, 제논은 말 없이 고개를 끄덕이며 레빗 백작의 뒤를 따랐다. 레빗 백작이 향하는 길고 긴 길에는 수없이 많은 눈초리가 존재했다.

이미 라이칸들이 온통 점령해 버린 왕실 근위대와 뱀파이어가 되어버린 왕가의 일족들이 어두운 공간을 헤집고 다니고 있었다. 그들은 제논을 경계했지만 이내 레빗 백작을 바라보며 눈초리를 거두어들였다.

그들은 알고 있었다. 다른 귀족들과 달리 레빗 백작은 한 번의 기회를 더 주면서까지 끌어들이려고 했던 자라는 것을 말이다. 현 국왕의 측근 중의 측근인 그를 의심할 수는 없었기 때문이었다.

그때였다.

"흐으음. 신선한 피 냄새가 나는군."

레빗 백작의 앞을 가로막으며 한 명의 뱀파이어가 모습을 드러내고 있었다. 그에 레빗 백작은 허리를 깊숙이 숙이며 그 존재에게 예를 차렸다.

"마이클 레빗 백작이 루이스 가스너 후작 각하를 뵙습니다."

"우후후. 그 짧은 시간에 나임을 파악하다니 역시 국왕 전하의 오른팔이런가?"

레빗 백작의 발걸음을 막아서는 자. 그른 다름 아닌 현 팔레티 국왕의 지낭이라 불리는 루이스 가스너 후작이었다. 인간일 적에는 백작이었으나 국왕에 의해 밤의 일족이 된 이후 후작으로 승작한 자였다.

그런 가스너 후작은 날카로운 눈으로 레빗 백작을 훑어보았다. 그리고 레빗 백작의 뒤에서 무표정하게 따라오고 있는 제논을 뚫어지게 바라보았다. 그의 얄팍한 입술이 더욱더 가늘어졌다.

"누군가?"

"제논 패트리아스 백자입니다."

"호오~ 그 골칫덩어리 말인가?"

"후작 각하!"

골칫덩어리란 말에 레빗 백작이 무슨 말을 그렇게 하느냐는 듯이 언성을 약간 높였다. 허나, 그런 레빗 백작의 반응은 신경조차 쓰지 않는 듯이 가스너 후작은 미끄러지듯 제논에게 다가갔다.

"그대는 왜 예를 차리지 않는가?"

제논은 백작이고 루이스 가스너는 후작이었다. 가스너 후작이 인간이었을 적에 만났다면 서로에게 가벼운 예를 차려야 하겠으나 지금은 제논이 먼저 예를 차려야만 했다.

헌데, 제논은 허리를 꼿꼿하게 세우고 꼼짝도 하지 않고 있었다. 그에 가스너 후작의 눈이 날카로워지며 물은 것이었다. 그는 제논이 서 있는 곳에 가까워질수록 심장을 자극하는 신선한 피 냄새에 정신이 혼미해질 지경이었다.

가스너 후작은 변했다. 인간일 적 냉정하고 약간은 소심했던 그의 성향이 이제는 완벽하게 변해 버렸다. 그는 피에 미쳐가고 있었다. 원래 뱀파이어였던 것처럼 타락하고 또 타락했다.

가스터 후작은 새빨간 혀로 얄팍한 입술을 핥았다. 그리고 마른침을 삼켰다. 마치 극심한 갈증을 느끼고 있는 듯이 말이다. 그런 가스너 후작을 바라보는 제논의 눈동자는 한심함을 내포하고 있었다.

그때 제논의 목덜미를 훑고 지나가던 가스너 후작의 눈동자가 그 자신을 바라보고 있는 제논의 눈동자를 보았다. 그리고 그 속에 깃든 한심함과 경멸의 시선을 받았다.

우뚝!

가스너 후작의 신형이 멈춰 섰다. 그리고 날카롭게 웃기 시작했다.

"네놈! 본작을 경멸하는 것인가?"

"뱀파이어 주제에 인간 행세를 하는 것인가? 1세대도 아닌 겨우 2세대가 말인가?"

제논의 담담한 음성에 가스너 후작이 얼굴이 딱딱하게 굳어졌다. 그의 얼굴은 마치 살얼음이 낀 듯 차갑게 변해갔다. 그리고 입꼬리가 말려 올라가기 시작했다.

그의 입꼬리가 더 이상 말려 올라갈 수 없을 정도까지 올라가서야 겨우 멈추며 신음과 같은 웃음이 흘러나왔다.

"크큭, 큭. 크하하핫!"

그의 웃음은 한참 동안 계속되었다. 허나, 제논은 그런 가스너 후작의 모습을 그저 멀뚱히 바라보기만 했다. 레빗 백작은 어느새 약간의 거리를 두고 그 두 사람의 모습을 지켜보고 있었다.

'너무 일찍 시작하는 것 아닌가? 아직 내궁으로 들려면 시간이 필요하거늘.'

이미 어느 정도 짐작은 하고 있었다. 다만, 너무 일찍 시작하는 것 같아 그것이 조금 걱정스러울 뿐이었다. 그가 그렇게 생각을 하고 있는 동안 가스너 후작의 웃음이 멈췄다.

"네놈! 재미있는 놈이로구나."

"난 너 같은 변종과 재미를 느낄 정도로 한가한 사람이 아니다."

재미있게 웃던 가스너 후작의 얼굴이 일순 냉랭하게 굳어졌다.

"네놈! 죽고 싶은 모양이로구나?"

"그런 용기는 있고?"

"큭!"

순간 가스너 후작의 모습이 사라졌다.

"큭!"

그러다 가스너 후작의 모습이 다시 드러났다. 그의 입은 살짝 벌어져 있었고, 붉은색으로 번들거리던 눈동자는 어느새 착 가라앉아 있었다. 가스너 후작의 손은 마치 제논의 목덜미를 잡아가듯 목 바로 앞에서 멈춰 있었다.

"어떻게?"

가스너 후작의 입에서는 믿을 수 없다는 듯한 목소리가 흘러나왔다. 그의 시선은 점점 아래로 향했다. 시선이 향한 곳. 그곳에는 제논의 창이 있었다.

가스너 후작의 가슴 깊숙하게 박힌 제논의 창. 그 창에서는 성스러운 빛이 흘러나오고 있었다. 가스너 후작의 가슴에서는 피 대신 성스러운 빛이 흘러나오고 있었다.

"아직 전달이 안 된 건가? 나 정령사야. 물의 정령도 다룰 줄 알아."

쓰으… 화아악!

제논의 말이 끝나자마자 가스너 후작의 가슴에서는 눈부신 빛이 터져 나왔다. 빛이 터져 나오는 곳에서 균열이 생겨났다. 오뉴월 가뭄에 땅바닥이 쩍쩍 갈라지듯 빛이 새어 나오더니 가스너 후작은 비명조차 지르지 못하고 불꽃처럼 사라져 버렸다.

"감히!"

그 순간 사방의 어둡고 음습한 기운이 제논을 향해 쏟아져 들었고, 사람의 피부를 따끔거리게 하는 날카로운 것이 제논의 전신을 향해 쇄도해 들었다.

제논을 중심으로 수없이 많은 둥근 존재가 모습을 드러냈다. 그들은 병사들의 모습을 하고 있었다. 개중에는 풀 플레이트 메일을 착용하고 있는 인간도 있었다.

하지만 제논은 이 수없이 많은 존재 중 인간으로 느껴지는 존재는 단 한 명도 없음을 알 수 있었다. 왕궁은 완벽하게 뱀파이어와 라이칸 슬로프에게 점령당한 것이었다.

"꿇어라!"

그때 수많은 장벽을 가르며 나타난 이가 입을 열어 호통을 쳤다. 무릎을 꿇으라 했다. 제논은 내뻗은 창을 수습하고 자신의 앞에 수많은 장벽을 좌우로 가르며 나타난 이를 바라보았다.

그의 좌우로 라이칸 슬로프가 된 근위 기사단 2백 명이 늘어서 있었다. 머리에는 화려한 왕관을 쓰고 황금색의 복장과 그리고 붉디붉은 망토를 끌고 있었다. 치렁한 금발에 창백하기 그지없는 안색이었다.

"꿇으라 했다."

"당신이 인간의 왕이었다면 내가 무릎을 꿇었을 것이다."

"크큭, 인간? 인간의 왕?"

"그렇다."

"크큭, 크하하핫! 인간의 왕이라니. 대체 인간들의 왕이 어디 있단 말인가?"

비웃음이었다. 인간에 대한 비웃음. 그에 제논은 살짝 눈살을 찌푸렸다. 그는 적어도 인간들의 가장 정점에 섰던 자다. 그런데 단 몇 달 만에 완벽하게 변해 있었다.

그 스스로 자신은 인간이 아닌 뱀파이어이며 인간이었음을 부정하는 듯한 태도가 더욱 반감을 가지게 했다. 더 이상의 말이 필요 없음을 알았다. 어차피 왕궁을 무너뜨리려 온 것이니 오히려 홀가분하기까지 했다.

제논은 창을 들었다. 그리고 창의 끝으로 팔레티 국왕의 심장을 가리켰다.

"오라! 죽음을 내리겠다."

"큭. 오만하군. 겨우 혼자 말인가?"

팔레티 국왕은 마치 미쳤다는 듯이 표정을 지으며 제논에게 말을 했다. 그는 제논을 비웃었다. 그뿐만이 아니었다. 제논을 둘러싸고 있는 모든 이가 제논을 비웃었다.

"누가 혼자라는 것인가?"

귀를 두 손으로 막고 싶은 거대한 소리가 울려 퍼졌다. 모두의 시선이 그곳으로 향했다. 어둠 속에서 무언가 떨어져 내리고 있었다.

"어~ 어?"

"저……."

쿠우우웅! 파스스슷!

거대하고 둔중한 소리가 공간을 휩쓸었다. 그리고 그 무언가가 떨어져 내린 공간에 있던 키메라 병사가 흔적도 없이 사라져 버렸다. 제논을 제외한 모든 이는 놀라 입을 벌렸다.

일단은 거대했다. 높은 곳에서 떨어져 내려 잔뜩 웅크린 모습이기는 하나 그 모습조차도 거대했다. 그리고 그 거대함이 서서히 실체를 드러내기 시작했다.

"웃차! 끄응! 꽤 아프군."

후드드득!

몸을 일으켜 세우자 뱀파이어와 라이칸, 그리고 키메라 병사들의 시선이 아래에서 위로 쭈욱 올라갔다. 어마어마한 체구. 그의 얼굴을 바라본 이들은 경악에 경악을 더하고 있었다.

그런 표정에는 아랑곳하지 않고 허리를 쭈욱 편 사내는 팔레티 국왕에게 시선을 두며 불쑥 솟아오른 아래 어금니를 움직여 입을 열었다.

"세바스티앙 오랜만이야."

"……?"

무슨 말인지 몰라 물음표가 그려지는 팔레티 국왕.

"나 제레미야. 설마 어릴 적 업어주던 이 형을 잊어버린 건 아니겠지?"

순간 팔레티 국왕의 눈동자가 커졌다. 자신을 업어준 존재. 제레미 더글라스.

"어찌……."

"왜? 이 모습 보기 싫으냐? 네가 날 이렇게 만들었는데?"

"그… 그건."

"괜찮아, 괜찮아. 어렸으니 널 원망하지 않으니까. 하지만 말이다. 이렇게 변한 나도 인간임을 자처하거늘 너는 어이해 인간임을 포기한 것이냐."

"……."

더글라스 후작의 말에 팔레티 국왕은 그저 입을 다물었다. 대꾸하기 힘들었지만 그렇다고 전혀 할 말이 없는 것은 아니었다.

"이제 와서 잘잘못을 따질 필요는 없을 것 같군. 지금이 중요하니."

팔레티 국왕이 말에 더글라스 후작은 말이 없었다. 한참의 시간이 흘렀다. 변한다고는 하지만 이리도 변할 줄은 몰랐다.

"그래도 어렸을 때는 참 순수했는데……."

"세상은 사람을 변하게 하더군."

"……."

팔레티 국왕은 더글라스 후작에게 존칭을 하지 않았다. 자신에게 있어서는 거의 아버지뻘에 해당하는 더글라스 후작이었지만 지금에 와서 그것은 별 의미가 없었고, 괴물처럼 변한 그를 살갑게 대할 마음도 없었다.

"고작 두 명인가?"

더글라스 후작이 말이 없자 팔레티 국왕은 그러나 어림도 없다는 듯이 말을 했다. 그에 더글라스 후작이 날카롭게 웃었다.

"이쯤 되면 막가자는 거지? 내 의동생이 그렇게 허술하게 보이더냐?"

더글라스 후작의 말에 차가움이 묻어 있었다.

"또 있나?"

"어이고~ 형님! 이제 그만 나오쇼."

팔레티 국왕의 물음에 더글라스 후작은 고개를 꺾으며 외쳤다. 그에 어둠 속에서 또 다른 그림자가 떨어져 내렸다. 더글라스 후작의 목 언저리나 되어 보이는 그런 사내였다.

팔레티 국왕이 눈동자가 좁혀졌다. 달랐다. 느낌이 달랐다. 그의 뇌리에서는 위험한 자라고 연신 경종을 울려댔다. 허나, 물러설 수 없었다. 오히려 호승심이 일었다.

그 호승심에 팔레티 국왕은 뿌듯한 미소가 떠올랐다. 이것이 과거의 자신과 현재 자신이 다른 점이었다. 과거였다면 자신은 이런 자리에 나오지도 않았을 것이다.

그리고 저런 거대한 자를 보고, 아니, 자신의 큰아버지뻘

되는 더글라스 후작을 보고 오금이 저려 제대로 서 있지도 못했을 것이다. 하지만 지금은 달랐다.

두 다리는 굳건하게 대지에 박혀 자신의 지탱하고 있었다. 그 두 다리로부터 뻐근하게 지탱하고 있는 날씬해진 허리와 활짝 펴진 가슴. 그 가슴속에 담긴 세상을 호령할 자신감.

이것이다. 팔레티 국왕은 이런 느낌이 좋았다. 오브레임 후작을 대면해도 전혀 두렵지 않았다. 물론 헤밀턴 공작의 앞이라면 좀 다르지만 말이다. 하지만 그 외에는 그 누구도 자신의 위로 보지 않아도 되었다.

또한 그들도 자신을 그렇게 느끼고 있었다. 평소와는 전혀 다른 그들의 반응. 그것만으로도 팔레티 국왕은 지금의 자신이 좋았다. 그러한 팔레티 국왕은 희고 날카로운 이빨을 드러내며 웃었다.

"또 없나?"

"또? 이거 꼬맹이 울보가 간이 제법 커졌군. 어이! 동생! 숨쉬기 힘들 텐데 이만 나오지?"

"와하하하! 언제 불러주나 고대하고 있었소."

또 다른 거인이 모습을 드러내었다. 그로써 왕궁에 침입한 네 명이 모두 모였다. 제논을 중심으로 삼각형의 형태였다. 단 네 명이었지만 그 기세는 제논을 둘러싼 수백의 인원을 압도하고 있었다.

"이게 단가?"

문득 팔레티 국왕이 시선을 제논에게로 향하며 물었다.

"더 이상 필요 없을 것 같아서."

제논의 말에 팔레티 국왕의 얼굴이 일그러졌다. 그의 얼굴에 떠오른 것은 분노라고 해야 할 것이다. 지독히도 오만해진 그를 사정없이 깎아 내리는 제논의 말에 하늘 끝으로 분노가 치밀어 오른 것이었다.

"그 입, 찢어주겠다."

"능력이 된다면."

"훗! 반드시 내 발치에 엎드려 목숨을 구걸할 것이다. 쳐랏!"

팔레티 국왕이 외쳤다. 그는 움직이지 않았다. 제논 역시 움직이지 않았다. 팔레티 국왕은 오로지 제논의 몫이었다. 그 외에는 제논이 신경 쓸 일이 아니었다.

그들은 안토노프와 더글라스 후작에게 혹은 스웬슨에게 맡기면 그만이었다. 그들은 그럴 만한 전력이었다. 어디 가서 맞고 다닐 이들은 아니니 1세대도 아닌 겨우 2세대 몇백에게 곤란을 당하지 않을 것이다.

"오만인가? 아니면 자신감인가?"

자신처럼 제논도 움직이지 않자 팔레티 국왕이 이죽이며 물었다.

"자신감이지. 1세대도 아닌 겨우 2세대의 뱀파이어와 라이칸 슬로프, 그리고 만들어진 키메라 몇백으로 그들을 어쩔 수 없으니 말이야."

"훗! 어디 그 자신감이 맞을지 실력을 한번 봐야겠군."

팔레티 국왕은 여유로웠다. 팔레티 국왕은 오만이라 생각했다. 2세대니 3세대니 혹은 키메라니 하지만 키메라 한 개체만 하더라도 정예 병력 스물은 혼자 감당할 수 있을 정도로 강력했다.

몇백이라 하나 몇천을 능가하는 전력이라 할 수 있었다. 그리고 세대라는 것은 결코 넘을 수 없는 벽이었다. 3세대 수백이 몰려온다 해도 2세대 한둘을 견뎌내기 어렵다.

그런데 이 왕궁을 지키고 있는 이들은 대부분이 2세대였다. 병사들은 키메라이고 말이다. 허니, 저 무식한 오만함에 헛웃음이 나지 않을 수가 없는 것이다.

팔레티 국왕은 오만하게 전장으로 시선을 돌렸다. 이제 곧 전투가 시작될 것이다. 일방적인 살육이 시작될 것이다. 기사들이나 혹은 국왕의 가신들은 움직이지 않고 있었다.

가장 먼저 뛰쳐나간 것은 역시 힘을 주체하지 못하고 있던 키메라였다. 키메라로 변신하면 피 속에 잠재되어 있던 야성이 폭발한다. 그것은 야성이 아니라 피에 깃든 살육에 대한 본능이라고 할 것이다.

먹이를 먹기 위한 살육. 살기 위한 몸부림 말이다. 키메라는 그런 존재이다. 변신하는 순간 인간이 아닌 몬스터가 되는 것이었다. 그리고 다시 인간으로 돌아올 수 없다.

그때부터 그들은 뱀파이어, 혹은 라이칸 슬로프에 의해 조종당해야만 했다. 변신하기 전에도 강력했던 그들이지만 변신을 하게 되면 오로지 살의만 충만하기에 그 전투력은 몇 배나 폭발적으로 증가한다.

"크아아앙!"

키메라 병사들은 울부짖었다. 빨리 피를 마시고 뼈를 부수며 살육을 씹어 먹고 싶기 때문이었다. 그들은 눈은 붉은색으로 물들어갔고, 입에서는 진득한 침이 흘러내렸다.

그러한 키메라의 모습을 본 스웬슨은 살풋 눈살을 찌푸렸다. 몇 번을 봐도 여전히 적응이 되지 않는 모습이었다. 인간이 몬스터로 변하는 모습은 여전히 충격적이라 할 수 있었다.

"니미럴."

스웬슨의 입에서 투덜거림이 흘러나왔다. 투덜거림과 함께 그의 손에는 어느새 성인 몸통만 한 쌍부(雙斧)가 쥐어져 있었다. 그의 쌍부는 황금색으로 물들어 있었다.

"부서져라!"

휘우웅! 후웅! 훙!

왼손에 쥐었던 배틀 엑스가 황금색의 잔영을 남기며 허공으로 날아올랐다. 그리고 달려오는 키메라를 향해 쇄도해 들어갔다. 키메라들은 비웃었다. 그래서 날아오는 배틀 엑스를 잡으려 손을 뻗었다.

스가각!

단지 그 소리만 들려올 뿐이었다. 배틀 엑스를 잡아가던 키메라의 몸이 그대로 멈춰졌고, 배틀 엑스는 스치듯 키메라를 지나갔다. 그리고 그 뒤를 잇는 키메라를 관통했다.

몇몇 키메라의 움직임이 우뚝 멈춰 섰다. 거의 동시라 할 것이다. 그들의 중심선에 가느다란 선이 나타났다. 그리고 그 사이에 진득한 검녹색의 액체가 흘러내렸다.

푸화아악! 쩌어억!

검녹색의 액체가 사방으로 뿌려지며 정확하게 반으로 쪼개지는 키메라. 검녹색의 액체 주변으로 튀었다. 하지만 키메라들은 멈추지 않았다. 그들에게 있어 동료는 없었다.

오직 살의. 죽음에 대한 것만 뇌리를 가득 채우고 있을 뿐이었다. 그들은 자신에게 튄 검녹색의 액체를 혀로 핥았다. 기괴하기 이를 데 없는 그들의 모습. 그들은 여전히 스웬슨을 향해 쇄도해 들어가고 있었다.

스웬슨의 또 다른 배틀 엑스가 날아올랐다. 이번에는 수직이 아닌 수평이었다. 수평으로 베어지고 있었다. 배틀 엑스가 지나간 자리에는 확실한 표시가 있었다. 완전히 갈라지고 다시는 재생이 되지 않도록 녹아들어 가는 잔인한 키메라의 시체가 존재했다.

"정령 빙의(Elemental Possession), 노에스(Gnoess), 대지의 울림(Shock of Earth)!"

쿠와아앙!

대지가 울렸다.

쩌저저적!

그리고 가문 날 호수처럼 갈라지기 시작했다. 그 위로 겹쳐지는 비명과 같은 잔인한 주검.

"크와아악!"

그를 향해 쇄도하던 키메라 수십이 하늘로 떠올랐다. 제논의 쌍부가 그들의 심장을 쪼개고 전신을 녹였다. 마치 쌍부에 눈이라도 달린 양 정확하고 신속하게 키메라를 찾아내고 있었다.

스웬슨의 주변에 아무것도 남아 있지 않았음은 물론이었다.

주춤!

키메라가 주춤거렸다. 죽음을 두려워하지 않고 공포를 모르는 몬스터가 된 키메라가 공포에 젖고 죽음을 두려워하며 달려 나가던 걸음을 멈추고 있는 것이었다.

그들이 다가오지 않자 스웬슨이 걸음을 옮겼다. 거대한 쌍부는 그의 주변을 맴돌고 있었다. 그리고 그가 걸어가는 걸음걸음에는 천근 거암의 무게가 있어 단단한 대리석으로 된 바닥재를 깨트리며 돌먼지를 휘날리게 했다.

거구에서 뿜어져 나오는 그 위세는 감히 누가 어찌할 수 없을 정도로 대단했다. 더글라스 후작과 안토노프는 스웬슨의 모습을 보고 감탄하지 않을 수 없었다.

안토노프와 더글라스 후작은 스웬슨에게 순수한 호승심을 느끼고 있었다. 겨루고 싶다는, 기사로서 혹은 전사로서의 순수한 승부욕 말이다.

"크으으음."

안토노프가 변신을 하기 시작했다. 그의 신장이 평소 190센티미터인데 그가 변신을 완료한 상태는 겨우 2미터 남짓이었다. 보통 라이칸이 2미터 30에서 2미터 50센티미터 내외인 변신 폭을 보면 안토노프는 오히려 왜소하다고 할 정도였다.

허나 그것은 모르는 소리다. 크다고 모든 것이 다 강력해진 것은 아니다. 물론 커지면 커질수록 힘은 강력해진다. 대신 둔해진다. 라이칸이 둔해져 봐야 얼마나 둔해질까만은, 그렇다 해도 같은 동족, 혹은 타 종족과 생사를 가르는 결전을 할 경우 그 차이는 극명하게 드러날 수밖에 없었다.

안토노프의 변신한 모습은 인간의 모습일 적과 별반 달라지지 않았다. 단지 눈동자가 노랗게 변하고 날카로운 송곳니가 자라났으며 손톱이 약 30센티미터에 이르게 되었다는 것을 제외하고는 말이다.

하지만 라이칸들은 지금 안토노프의 모습을 최고의 경배 대상으로 삼는다. 라이칸의 모습이 아닌 인간의 모습으로 살아가는, 진정한 라이칸의 전사다운 모습이었다.

"크와아앙!"

안토노프가 울부짖었다.

그를 향해 쇄도하던 키메라들이 움찔거렸다. 마치 거미의 덫에 걸린 것처럼 움직이지 못하고 있었다. 아주 잠시의 순간이었을 것이다. 허나, 그 시간은 그들에게 있어 영원의 순간이 되었다.

안토노프가 움직이는 그 순간 그는 바람이 되었다. 길게 자란 그의 손톱이 움직였고, 손톱이 할퀴고 지나간 자리에는 난도질당한 키메라가 숨을 헐떡이다 진득한 검녹색을 뿜어내며 죽어갔다.

그 어떤 키메라도 안토노프를 잡을 수 없었다. 그의 움직임은 보통의 라이칸으로는 쫓을 수 없을 정도로 빨랐기 때문이었다. 그는 이미 바람이 되어버렸다.

"거참, 성님도. 성급하시기는."

그러한 안토노프의 움직임에 입맛을 쩝 다시는 더글라스 후작이었다. 형님도 아닌 성님이라고 말을 하고 있었다. 그는 완전히 달라졌다. 그 누구도 그를 두고 과거의 더글라스 후작을 생각할 수 없을 것이다.

그는 자신을 향해 지근거리까지 쇄도하는 키메라가 있음에도 불구하고 여전히 오른쪽 어깨에 거대한 배틀 엑스를 턱 걸치고 유유자적할 뿐이었다. 키메라 정도는 안중에도 없다는 듯이 말이다.

한 키메라가 용감하게 그를 향해 이빨을 들이 밀었다. 그 키메라의 혀는 갈라져 마치 파충류를 보는 것 같았다. 쇄도하는 키메라의 이빨. 더글라스 후작은 키메라를 쳐다보지도 않았다.

대신 그의 거대한 손바닥이 움직였다.

덥썩.

그대로 키메라의 얼굴을 쥐어버렸다. 그의 손이 어찌나 큰지 작지 않다 여겨지는 키메라의 얼굴 전체가 그의 손안에 쏙 들어가 있었다.

뿌드드득! 퍼억!

뼈가 갈리고 이내 통째로 터져 나가는 키메라의 머리였다. 실로 보고도 믿을 수 없는 악력이라 할 수 있었다.

후와아앙!

그리고 그의 거대한 배틀 엑스가 움직였다.

후드드득. 퍼벅. 퍼버벅!

그의 양날의 배틀 엑스에 걸린 모든 것이 잘려 나가고 부서져 나갔다. 그의 팔 길이와 연장된 배틀 엑스의 사거리 안에는 그 어떤 존재도 다가갈 수 없었다.

다가가면 오직 죽음이 존재할 뿐이었다. 처절했다. 세 명에게는 그저 아무렇지도 않을 것이었지만 키메라의 입장에서 보면 처절한 사투라 할 수 있었다.

"저, 저……."

그 모습을 바라보고 있던 팔레티 국왕의 입에서 당혹한 듯 더듬거리는 소리가 흘러나왔다. 솔직히 상대가 안 된다 생각했다. 키메라 몇십 정도는 죽어나가겠지만 결국 승리는 자신의 것이라고 생각했다.

허나, 아니었다. 근처에 가지도 못했다. 세 명이 수백의 키메라를 학살하고 있었다. 그러함에도 불구하고 세 명의 모습은 여유롭기 그지없었다. 땀방울은 물론, 숨소리조차 거칠어지지 않고 지극히 평온해 보였다.

"이쯤해서 기사들을 투입해야 하지 않을까? 잘못하면 전멸당하겠는걸?"

제논은 팔짱을 끼고 오히려 팔레티 국왕을 걱정하듯 말을 하고 있었다. 그에 팔레티 국왕의 시선이 제논에게로 향했다.

으득!

"기사단을 투입시킨다."

"명!"

기사들이 투입되었다. 불과 2백에 불과했지만 기사들은 인간일 적에도 뛰어난 무력을 자랑했고, 거기에 라이칸이 됨으로써 더욱 강력한 신체와 마나에 더욱 민감한 신체가 되었으니 비록 2세대라 하나 1세대와 비견될 정도였다.

그러한 그들이 전투에 투입되자 팔레티 국왕은 또다시 뿌듯한 표정을 지어 보였다. 수적으로는 키메라에 비할 바가 아니었지만 그들을 믿는 바가 자못 컸기 때문이었다.

하지만 그의 뿌듯하고 자부심 넘치는 웃음이 차갑고 분노에 찬 얼굴로 바뀌는 데에는 그리 오랜 시간이 필요하지 않았다.

그들 역시 키메라 병사들과 다르지 않았다. 아니, 오히려 더 빨리 사라졌다. 말 그대로 사라졌다.

"어, 어떻게……."

"당신은 날 너무 얕게 봤어. 오우거는 고블린 한 마리를 잡음에도 최선을 다하지. 그런데 당신은 오우거가 아님에도 불구하고 최선을 다하지 않았어. 그래서 그런 거야."

제논의 말이 악마의 속삭임처럼 팔레티 국왕의 귓등을 때렸다.

『넘버세븐』 10권에 계속…

FUSION FANTASTIC STORY

진호철
장편 소설

『1월 0일』의 작가 진호철!
그가 선보이는 호쾌한 현대 판타지!

어머니의 치료비를 구하기 위해
프랑스 외인부대에 자원한 유천.

어느 날 신비한 석함을 얻게 되는데……

『한국호랑이』

내 인생은 전진뿐. 길이 아니면 만들어가고
방해자가 있다면 짓밟고 갈 뿐이다!

Book Publishing CHUNGEORAM

유행이 아니라 자유추구
WWW.chungeoram.com

**수십 년 전, 용병왕의 등장으로 생겨난
왕국과 용병의 세계.
평소엔 한없이 가볍지만 화나면 누구보다 무서운,
놀고먹고 싶은 그가 돌아왔다!**

하지만 바람과는 달리 과거 그의 앙숙과 대륙의 판도는
도저히 그를 놓아주질 않는데……

"용병은 그냥, 돈 받고 칼을 빌려주는 놈들이니까."

그의 용병 철학은 단순했다.

"물론, 누구에게 빌려주느냐가 문제겠지?"

Book Publishing CHUNGEORAM

유행이 아닌 자유추구 -
WWW.chungeoram.com

도시의 주인

말리브 장편 소설

FUSION FANTASTIC STORY

말리브 작가의 신작 현대 판타지!

죽기 위해 오른 히말라야.
그러나, 죽음의 끝에 기연을 만나다!

『도시의 주인』

**다시 한 번 주어진 운명.
이제까지의 과거는 없다!**

소중한 이를 위해! 정의를 외친다!

Book Publishing CHUNGEORAM